가문비나무 숲속으로
걸어갔을까

도서출판
작가마을

가문비나무 숲속으로 걸어갔을까

초판인쇄 | 2017년 10월 20일 **초판발행** | 2017년 10월 30일
지은이 | 김선희 **주간** | 배재경 **펴낸이** | 배재도 **펴낸곳** | 도서출판 작가마을
등록 | 2002년 8월 29일(제 2002-000012호)
주소 | 부산광역시 중구 대청로 141번길 15-1 대륙빌딩 301호
T. 051)248-4145, 2598 F. 051)248-0723 E. seepoet@hanmail.net

국립중앙도서관 출판예정도서목록(CIP)

가문비나무 숲속으로 걸어갔을까 : 김선희 시집 / 지은이:
김선희. —— 부산 : 작가마을, 2017
    p. ;   cm. —— (작가마을시인선 ; 027)

ISBN 979-11-5606-083-3 03810 : ₩9000

한국 현대시[韓國現代詩]
811.62-KDC6
4-DDC23   CIP2017027437

본 도서는 부산광역시, 부산문화재단 지역문화예술특성화사업으로 지원을 받았습니다.

작가마을 시인선 27

가문비나무 숲속으로
걸어갔을까

김선희 시집

일상에서 하루도

빠지지 않고 밥을 먹듯이

나를 기다리며

모든 사물들은 간절해진다

김선희 시집

작가마을 시인선 ㉗

· 차례

005 · 자서

1부

013 · 천년의 이팝나무

014 · 눈이 내리네

015 · 광안대교를 바라보다

016 · 모란의 저녁

017 · 칼라하리가 있다

018 · 봄비

019 · 목련나무 꽃봉오리들

020 · 적멸보궁을 돌면서

021 · 밤

022 · 고요의 신들에게 바치는 헌사

023 · 아침

024 · 모든 꽃들의 고백이 반짝거리며 부서진다

025 · 소지

026 · 꽃잎, 지다

027 · 햇살

028 · 바람 속으로

가문비나무 숲속으로 걸어갔을까

2부

031 · 복지관에서

032 · 빈 깡통 하나가

033 · 은행나무 밑에 앉아

034 · 하늘정원에서

035 · 뼈, 빛을 발하다

036 · 어떤 소리

037 · 노부부는

038 · 골목을 위하여

039 · 지구별 여행자

040 · 새벽에 책을 읽을 때

041 · 그날 밤

042 · 영혼의 메마른 석류 하나

043 · 가문비나무 숲속으로 걸어갔을까

044 · 동해남부선

045 · 비의 몽상

046 · 부추를 베다

김선희 시집

작가마을 시인선 ㉗

3부

049 · 그대가 이 세상을 떠나가고
050 · 당신의 시집을 베고
051 · 밤새도록 비가 두드리는
052 · 한 시인이
053 · 아름다운 것들 1
054 · 아름다운 것들 2
056 · 비 오는 저녁
058 · 노파
060 · 소로우의 눈
062 · 모자를 쓰고
063 · 이상한 골목
064 · 숲속의 나무들
065 · 물방울꽃
066 · 꽃댕강 나무
067 · 강아지풀
068 · 그때처럼 여자들은
069 · 비꽃

가문비나무 숲속으로 걸어갔을까

4부

073 · 책들이 일어서다

074 · 운동장

076 · 그대가

077 · 지는 해

078 · 미세먼지

080 · 고요의 깊이

082 · 천개의 바람을 등에 업고
　　　일만 송이 꽃들이 길을 열고 있다

084 · 혹독한 추위

085 · 나무야

086 · 강연회

088 · 여름날

089 · 마가렛, 마가렛

090 · 어떤 날

092 · 아무도 없는 곳에

093 · 파랑새

094 · 튜립나무꽃

096 · **해설** · 정미숙(문학평론가)
　　　/ 아름다운 곳에 닿는 갈망의 온도

제1부

천년의 이팝나무

고대인의 땅으로부터 단 한 번의 몸바꿈도 없이
여기 이 자리를 지키며 목숨의 하늘을 펼치고 있다
수많은 명암의 옷자락 바꿔 입으며 또 한 번
그 옛날의 내가 지나가고 지나가며 거쳤을 하늘밑
그대는 한 그루 나무로 우뚝 섰고
나는 사유思惟의 눈을 가졌다
참 많은 이야기들 흘리고 흩어지고 사그라져 묻혔을
고대인의 그림자는 다 어디로 가버렸느냐,
그대는 여기서 우주를 향해 뻗어나갔고
지구 저 건너편에서 바람에 불려 나는 태어났다

눈이 내리네

흰 꽃들이 내 머리 위에서 쏟아져 내린다 우산을 쓰고 천지사방 꽃 속으로 걸어간다 축복처럼 흰 꽃들의 길이 저만치 열리고 있다

지상으로 내리면 곧 사라지고 말 이름, 모든 것은 순간을 위해 생겨나고 스러진다 먼 사람의 안부가 궁금해진다 함께 걷고 싶은 사람이 저쪽에서 걸어온다 잠시 곁을 지나가는 추상追想이 향긋하다

흰 꽃들은 언제까지 쏟아져 내릴까, 이 길의 모퉁이를 돌아가면 집으로 가고 꽃들은 저 혼자 천지사방 흩어져 간다 멀리 산들이 웃고 있다, 아니 침잠하고 있다 흰 꽃들은 분명 내 머리 위로 솟구쳐 오를 것이다 환상의 꽃길 속으로 우산 하나 걸어간다

광안대교를 바라보다

광안대교의 불꽃놀이를 한번도 구경한 적 없다
광안대교 위를 차를 타고 딱 한번 지난 적 있다
광안대교는 바다를 가로질러 저 멀리 펼쳐져 있다
무지개 같은 광안대교를 바라보며 앉아 있다
광안대교 위를 장난감 자동차들이 지나간다
광안대교가 깜깜한 밤을 어떻게 보내는지 궁금하다
광안대교는 허구한 날 바다 가운데 서 있다
광안대교는 견우도 직녀도 기다리지 않는다
광안대교는 까치들의 오작교가 아니다
광안대교는 정말 여기 없었던 다리였다
어느새 신기루처럼 광안대교는 서 있다
바닷가 저 멀리서 성큼성큼
엄청 큰 광안대교가 품에 안겼다

모란의 저녁

　모란이 없어졌다 누가 모란을 잘랐을까, 나는 묻지 않기로 한다 모란 옆에 치자나무도 있다 장미도 있다 모란은 하얗고 싸늘하게 잘려있다 자줏빛 기억들이 꽃잎을 더듬고 있다 개화기를 잃어버린 어둠 속 뿌리는 고요하다 하나의 묵은 가지가 잘릴 때, 나는 바람처럼 거리를 떠돌았다 모란은 거기 있었고 손을 뻗으면 걸어와 품에 안겼다

　누가 모란을 잘랐을까, 모란은 이제 이야기 하지 않는다 어떤 얼굴도 가질 수 없는 모란의 저녁이 담벼락 아래 쓸쓸하다 모란은 왜 잘렸을까, 나는 묻지 않기로 한다 싸늘한 단면만이 모란의 지금을 보여주고 있다 모란은 잘리고 모란은 잊혀져 가고 시계도 가고 지구도 돌고,

칼라하리가 있다

마음의 날개를 달고 나는 저 아프리카 서남쪽 칼라하리 사막으로 간다 오랜 시간이 지나 비가 오면 홍엽새들이 풀잎으로 엮은 둥지를 짓고 새끼들을 키우고 어린 타조가 어미와 함께 막막한 사막을 걸어 작은 강줄기를 찾아가는 곳, 목마름의 땅 칼라하리에도 어느 수직 벽 사이 용의 숨결 동굴이 있고 지하 수백 미터 깊이에 물이 흐르고 있다 그곳에는 눈이 퇴화된 금빛 메기들이 평화롭게 노닐고 있다

갑옷 귀뚜라미가 홍엽새 알을 훔치고 키다리 기린도 사자 무리도 강가로 몰려든다 뭇 생명들의 목마름이 타는 갈증을 식히는 곳, 금빛 메기들이 수염으로 앞을 더듬으며 헤엄치고 나미비아, 보츠와나, 남아프리카 어디쯤 메마른 땅 위에서도 수많은 동물들을 키우는 불타는 칼라하리가 있다

봄비

  빗소리를 데리고 간다 밤새도록 비가 부서지는 소리를 듣는다 뛰어가는지 조차 알 수 없는 저 소리, 이불 밑에 흥건하다 밤새도록 십만 평 밭갈이를 한다 물로 경작하는 나의 밭에 수련을 심을까한다 널브러진 온갖 것들이 방울방울 자꾸 젖는다 다 젖어버리고도 내 몸은 바싹 마른다
  저 빗소리를 데리고 수월관음보살 고해 건너가신다 날개 꺾인 새들 어느 처마 밑에 숨죽이고 지난겨울을 울었던 나뭇가지들 팔 벌리고 아래채 위채 쿵쿵 뛰어다니며 스위치 올리느라 분주하다
  맨발의 어머니, 이제야 비를 밟고 오신다

목련나무 꽃봉오리들

목련나무 꽃봉오리들이 무수한 가운데로 그림처럼 직박구리 한 마리 앉아있다 작년에도 저 작년에도 하얀 충만의 시간이 지나간 자리에 직박구리 꺼멓게 앉아 잔가지 따라 조금씩 흔들리고 있다 해질 무렵 담벼락 이쪽에 서서 언제까지 새가 그렇게 있나, 한번 지켜본다 이윽고 단 한번 쪼르릉, 소리 지르고는 쏜살같이 먼데로 날아가 버린다 목련나무 무수한 꽃봉오리들만 겨울 하늘에 떠 있다

적멸보궁을 돌면서

적멸보궁을 돌면서 나는 생각한다
신발도 벗고 조용히 합장한 채 생각한다
살아오면서 잘못한 일들은 없는지
사람들도 하나 둘 탑돌이를 하고 있다
뜨거운 햇볕 아래 이끼 낀 부도 탑 묵묵하다
천년의 침묵이 돌계단 아래 고요하다
무수한 기원들이 하늘 위로 피어오르고
사람들의 저녁도 그렇게 스러져 갔으리라
당신의 머리맡에 엎드릴 자격은 있는지
님의 침묵 가운데를 한발 한발 디디고
님의 말씀 침묵으로 귀 기울인다
적멸보궁을 돌면서 나는 행복하다
이 순간 오롯이 나의 깊이로 걸어 들어가는
님과 나의 시간으로 행복하다

밤

바람도 불지 않는 고요한 밤입니다
밤은 수직의 비밀을 알고 있기라도 한 듯
아주 깊은 곳까지 내려가고 있습니다
그곳에 밤이 숨겨놓은 한 세계가 있을 듯 합니다
밤은 온갖 소리들을 다 내려놓고
스스로 깊숙한 곳까지 가라앉고 있습니다
밤은 모든 이들을 뉘어 쉬게 하고
모든 이들의 잠의 그늘 위를 밟고 갑니다
바람도 불지 않는 밤의 이상한 힘은
그 끝자락이 어디까지인지 알지 못합니다
세상은 밤의 치맛자락 안에서
서늘한 강물처럼 흘러갑니다
나뭇잎 하나 움직이지 않는 저 정적의 모습을
밤은 커다란 검은 눈으로 새김질 하고 있습니다
바람도 불지 않는 깊고 푸른 밤은 무섭습니다
발자국 한번으로 쨍그렁, 깨질 것 같은
예리한 밤의 이마는 무섭습니다

고요의 신들에게 바치는 헌사獻詞

내가 공간 속에 살아있음이 또한 없는 것처럼
고요하고 또 고요하여 숨소리조차 들리지 않는
삶의 기쁨이 안으로만 치달아 내면세계를 열고
공간은 내 몸을 안고 끝없이 흘러간다
넓고 깊은 저 영역으로 몸을 맡기고
어디선가 누가 한 소리도 흘리지 말라
순간이 극대화 될 때까지
내가 공간 속에 한 점으로 있는 듯 없는 듯
낮고 가느다란 사유만이 강물처럼 침잠한다

아침

새소리가 어깨에 내려 앉았어요
나뭇잎이 파랗게 깨어났어요
혼돈의 밤을 지나 물길을 첨벙거리며
나뭇잎들이 걸어온 길이 잘 보여요
새들이 숲을 깨우려 무리지어 날아갔어요
아침 빛살 속에 지난밤 잠자리를 털고
나도 빛의 공간을 꾸민 꽃을 보러가요
꽃들의 비밀회의가 막 끝났나 봐요
지는 꽃, 피는 꽃, 잠자는 꽃
꽃들은 모두 한 마음으로 빛을 탐색해요
햇살의 과녁을 향해 분홍 구름들이 밀려가요
모든 집들이 창문을 열고 기지개를 켜요
아이들이 일어나 옷을 입고 있어요
아침상이 놓여 있어요, 학교에 갈 시간인가 봐요
달그락 거리는 수저소리, 그릇 씻는 소리
나뭇잎들이 일제히 왈츠를 추고 있어요
바람의 풍금 소리가 들리나 봐요
말끔히 단장한 색색의 꽃들이
가볍게 골목길을 걸어나가요
어디 외출하려나 봐요

모든 꽃들의 고백이 반짝거리며 부서진다

  모든 꽃이 나에게 걸어오고 있다 나는 우주에서 빛을 꺼냈고 그것으로 내 몸에 강물을 흘려보냈다 눈을 감으면 강물이 내 몸의 구석구석을 흘러가는 것이 보인다
  모든 말들이 나에게 와서 마른 잎으로 가만히 떨어져 내린다 나는 떨어진 잎사귀들을 하나하나 주워본다 이전의 꽃이었던 그들에게선 메마른 향내가 난다
  모든 어둠이 포근히 나를 뉘었다 어둠속에 내 몸이 스물스물 사라지고 있다 꽃의 빈자리를 밟고 날아오르고 있다

  모든 꽃들의 고백이 반짝거리며 부서진다

소지燒紙

너를 읽고 나는 넉넉해 졌다

너는 거기서 소지를 올리고 있었다

모든 소리들을 위해

내 귀를 몸보다 더 크게 만든다

어둠 속으로 숨는다

너에게 다가가기 위해서다

길이 없어졌다, 내 속으로 길을 만든다

이 아침, 바람소리로

어제의 새들을 모두 깨우겠다

꽃잎, 지다

한 그루 꽃나무가 제 몸의 비늘을 털어내고 있습니다
보이지 않는 어떤 손이 밤새 지어올린 집이었지요
사람들은 바람처럼 휩쓸리며 나무 밑을 지나갔습니다
꽃나무도 스스로 하늘빛에 취했습니다
눈부신 방들로 꾸며진 작은 집이었습니다
꽃나무가 걸어온 길은 메마르고 삭막한 시절이었지요
빛의 통로를 따라 반짝 열린
꽃나무의 잔치는 대단한 것이었습니다
당신이 잠시 한 눈 파는 사이 구름 속의 집들은
꽃비늘이 되어 날아가 버릴 것입니다
꽃나무가 털어내는 제 몸의 간지러움을
사람들은 꽃비라고 부르지요
한 그루 꽃나무가 가졌던 내밀한 꿈들이
단단한 세상을 향해 흩어지고 있습니다

햇살

양지쪽에 쪼그리고 앉아
오른쪽 옆구리로 햇살을 받는다
오른쪽 옆구리가 햇살과 놀고 있을 때
왼쪽 옆구리는 춥다
재스민 잎사귀가 하나 둘 떨어진다
베고니아가 햇살 쪽으로 기울어졌다
양지쪽에 쪼그리고 앉아
왼쪽 옆구리로 말을 한다
오른쪽 옆구리가 듣지 못한다
햇살은 금방 비껴갔다

바람 속으로

　바람 속으로 걸어간다 바람을 일으키며 걸어간다 바람을 데리고 걸어간다 바람을 따라서 걸어간다 나무들을 울리고 길가의 모든 가벼운 것들을 울리고 나를 울리는 바람은 아주 먼 곳으로부터 와서 먼 곳으로 건너간다 보이지 않는 공명음이 뒤따라 간다 바람을 기다리기도 했다 바람을 마주 하기도 했다 바람이 거세어지고 나를 밀어버린 기억을 안고 있었다 바람은 눈물도 없었다 바람은 무자비하고 거칠고 난폭하기도 하였다 바람을 안고 걸어간다 즐거운 미풍과 흔들리는 강풍을 느끼며 바람의 풍경 속으로 걸어간다 사물들이 흔들리며 바람을 따라 일어서고 있었다 바람의 즐거운 리듬 속으로 빠져 들어가고 있었다 　바람의 날개 속으로 걸어간다 바람의 비밀을 풀어놓으며 걸어간다 보일 듯 말 듯 바람의 언덕을 넘어간다 바람의 노래 속으로 지나간다 바람이 되어 날아간다

제2부

복지관에서

그가 간신히 두 개의 지팡이로 걸어서 어디로 가는지 탁자에 앉은 나는 궁금했다 마치 필생의 걸음걸이처럼 천천히 걸어서 그는 맞은 편 화장실 안으로 들어갔다 우리들의 날렵한 일보—步가 깃털처럼 가벼울 때, 그는 생을 한 땀 한 땀 수놓듯 걸어간다 관심도 시선도 필요 없는 자신만의 길 위에서 깊고 묵직한 스토리를 엮어간다 새삼 가벼운 것은 길 위에서 무엇을 남기는지, 발부리의 먼지바람을 내려다본다 그림자 길게 끌며 그가 지나간 자리, 파문처럼 부서지는 포말들이 가벼운 지향志向의 나를 일렁이게 한다

빈 깡통 하나가

　빈 깡통 하나가 밤새도록 비를 맞고 어딘가 부딪치며 소리를 내고 있다 모든 집들은 다 돌아앉아 문을 잠그고 침묵중이다 빈 깡통 하나가 밤새도록 두들겨 맞는 소리를 모든 집들은 귀를 막고 눈을 감고 모른 채 하고 있다 빈 깡통 소리만 가득한 어둠이 끝없이 흘러가고 있다 저 소리, 누가 누구를 향해 가고 있는 것인지, 젖은 자들의 부르짖음이 냉랭한 습기로 스며드는 밤

　빈 깡통 하나가 모든 아픔을 대신하여 울고 있다 창 밖에 버려진 자들의 항변 같기도 한, 목숨의 다급한 재촉 같기도 한, 모든 집들은 어둠 하나씩 삼키고 잠이 들었다 빈 깡통 하나의 울림만 가득한 허공은 깨어날 기미가 없다 빈 깡통 하나를 위해 아득한 강물이 흘러가고 잠들지 못하는 사람도 함께 흘러가고 있다

은행나무 밑에 앉아

번화가 은행나무 밑에 앉아 좌판을 벌이고 있는 그녀에게 목이 긴 양말을 주문했다 그녀는 창고에서 찾아오겠다며 얼른 창고로 뛰어갔다 한번도 앉아보지 않았던 자리에 퍼질러 앉아 초가을 은행나무 하늘을 올려다본다 거기 쉬슬은 듯 징그럽게 많이 달린 은행 알들이 나뭇잎 속에 가득하다 건너편 건물들 사이로 쉴 새 없이 지나가는 자동차들을 바라본다 은행나무 그늘 아래 세상을 향해 열린 창들이 무척 싱그럽다

은행나무 허리에 등을 기대고 한나절 빛을 팔고 있는 그녀들이 죽 열려 있고 나는 잠시 귀한 자리를 얻어 바람에 설렁대는 은행나무 하늘을 안아본다 이 눈부신 나무 한 그루라면 어디에 앉아 있어도 괜찮을 것 같다 그래도 한낮엔 덥다고 저쪽의 그녀가 말한다

은행나무 하늘 아래 잠시 앉아서 바라보는 세상, 그녀가 더디게 올수록 나는 더 많은 차들을 보내고 건너편 빌딩의 간판들을 읽어볼 수 있다 한참 만에 쌓인 물건이 많아 못 찾았다며 미안한 표정으로 그녀가 돌아온다 나는 세상 구경 잘했다며 짧은 양말 두 켤레 사고 일어섰다

하늘정원에서

점심 표를 받아들고 하늘정원을 거닌다
하늘정원에는 빛나는 꽃들은 없지만
몇몇 나무와 자잘한 풀잎들이 가득하다
큰 건물의 옥상이 마치 저 들판과 같다
바라보면 숲이 자욱한 산봉우리가 보이고
앞쪽엔 차들이 분주하고 반짝거리는 도시의 중심가다
하늘정원 아래층엔 밥표를 들고 기다리는 노인들과
이따금 번호표 부르는 소리가 들린다
한 그릇의 따뜻한 일상이 이곳에서 펼쳐진다
푼돈 한 장으로 따순 국과 뜨끈한 밥과 찬 몇가지
그것만으로 우리의 하루는 배부르고 행복하다
하늘정원 풀밭에 노란 괭이밥 꽃이 피었다
꽃처럼 외로워진 나는 누군가에게 전화하고 싶다
부르면 정다운 대화로 잠시 이곳에 나와줄까
한 그릇의 따뜻한 위안을 기다리며
햇볕 가득한 벤치에 앉아본다

뼈, 빛을 발하다

그대 하얀 뼈를 보았는가
어제 웃던 그 사람이 몇 개의 뼈로 돌아왔다
뼈들은 무슨 말을 하고 싶을까
천 마디 말 보다 뼈로 보인 그의 진실 앞에
우리도 그저 하얀 뼈로 남을 것을 안다
뼈를 앞에 두고 무엇을 생각 하겠는가
세상 모든 것들 뒤편에 흰 뼈를 간직하고 있다
달콤한 웃음이 밑바닥에 뼈를 숨기고 있다
삶의 적막한 숨소리가 몇 개의
뼛조각을 의지하고 있다
고달픈 일상이 뼈의 진실에 위로 받고 있다
눈물도 없이 뼈들 하얗게 빛나고 있다
그대 하얀 뼈를 보고 있는가
우리의 미래가 적나라하게 드러나 있다
무수한 뼈를 밟고 걸어가고 있는
맨살의 몸뚱이들
속 깊은 한 개의 뼈로 일어선다

어떤 소리

벽 속에 숨어있던 어떤 소리가
모두들 잠자는 한밤중 삐익, 하며 새어나왔다
가구 안에 숨어있던 어떤 소리도
용기를 내어 삐꺽, 하면서 빠져나왔다
맨 처음 벽을 세울 때 갇혀 들어간 소리가
시간 속에 눌려 있다 이제야 빠져나왔다
숨 막히도록 꽁꽁 박힌 가구 안의 소리도
틈만 노리고 있다가 겨우 빠져 나왔다
한밤은 갇힌 소리들의 탈출구이다
아무도 건드리지 않는데 툭, 떨어지는 소리
삐꺽, 빠져나오는 소리
고요가 겹쳐 더 크게 들리는 이상한 소리들
냉장고 소리, 시계 소리, 코고는 소리
분명한 소리들 잠잠해 질 때면
들리는 이상한 소리들
누가 저 소리들을 내내 가두고 있었을까
자다가 일어나 벽속에 숨은 여자를 끄집어내고
가구 안에 웅크린 남자도 끌어낸다

노부부는

노부부는 겨울 속으로 걸어 들어갔다
눈이 부시도록 빛나는 은빛 상고대를 좇아서
설원의 하얀 풍경 속으로 걸어 들어갔다
긴 생애의 아름다운 극점을 향하여
노부부가 선택한 여행은 더 먼 곳이었다
마주 앉은 일상의 즐거움을 뒤로 하고
서로가 서로를 부추겨 세운 출발, 달을 향한
삶의 드높은 이상을 좇아 한번도 가보지 못한
눈 속의 복수초, 바람꽃 휘날리는 환상의 봄
그곳을 함께 손잡고 방문하는 것이었다
지나간 삶은 아름다웠다고 말할 수 있다
노부부는 진정으로 행복한 여행길에 올랐다
아무도 말리지 못한 그들만의 여행
몸은 눈밭 위에 뒹굴어도 떠남은
일상에서 건져 올린 충만의 의미로 가득할 것이다
칼바람, 바람개비, 은빛 상고대를 좇아서
노부부는 빛나는 겨울 속으로 함께 걸어갔다

골목을 위하여

때때로 골목을 나선다 이 골목으로 돌아오기 위해서다 모든 일들의 알맹이를 위하여 골목은 빈 껍질이 되어 보내고 또 받아들인다 골목의 시작과 끝 사이에 너와 나의 중요한, 또는 사소한 일들이 있다

시간을 까먹어 버린 하루가 몇 개의 봉지를 들고 대문 앞까지 돌아와 비밀의 문을 딴다 그때도 골목은 우두커니 문 밖에 버려진 채 적막의 하늘 한 자락 붙잡고 혼자 바람소리의 현을 타고 있다

세상의 모든 일들은 중요하지 않다, 고 골목은 긴 시간 담벼락에 기대서서 삶의 중심에 커다란 공동空洞을 만들고 있다

때때로 골목이 길을 나선다 그가 돌아올 때까지 바람벽 모서리에 서서 하릴없이 내가 기다리고 있다

지구별 여행자*

큰뒷부리 도요새 한 마리를 바라보고 있다 알래스카에서 태어나 태평양을 건너 뉴질랜드와 호주로 1만 키로 미터를 날아가는, 큰뒷부리 도요새가 낙동강 하구 말뚝에 앉아있다

300그람짜리 까만 눈의 갈색무늬 작은 새, 긴 부리로 무엇을 먹고 에너지를 채워 아득한 불가사의를 향해 날아갈까

노랑색 장화를 신고 있는 노랑발도요가, 부리와 다리가 붉은 검은 머리 물떼새들이, 알래스카와 시베리아에서 동남아시아로 날아가는

검은 가슴 물떼새도 하구에서 쉬고 있다

지구의 어느 한 곳에 날지 못하는 무거운 몸이, 하강을 모르는 천상ㅈㅗ 위의 조그만 날갯짓을 한없는 자괴감으로 바라보고 있다

내 가슴 속 출렁이는 태평양 바다를 건너 깊숙한 심장의 뜨거운 두근거림까지 날아가는 저 불사조들에게 눈물 한 방울 바친다 위대한 지구별 여행자들에게 놀라움과 경의敬意를 보낸다

*B일보에서 인용.

새벽에 책을 읽을 때

새벽에 책을 읽을 때 머리맡이 눈부시게 밝아진다 기다려 온 어둠이 검은 꽃의 입자들을 다 터뜨려 책 속의 행간, 미로 사이로 퍼져 나갔기 때문이다 책을 펼치면 저쪽 세상, 잠자던 어제가 모두 일어선다 새도록 헤매고 다녀도 만나지 못했던 세상이다

나는 희미한 취침 등불 아래 그림자를 깔아두고 내 몸을 버리고 어디론가 돌아다녔다 눈을 뜨면 다시 무거운 육체로 돌아와 나를 깨운다 새벽의 글자들은 정말 내가 어제 몰랐던 것들이다 아침의 정적이 새로운 우주 하나를 탄생시킨다 소리로 울리지 못한 말씀들이 얼마나 높은 계단으로 올라갔는지 알지 못한다

돌이켜 아득한 골짜기에 선다 새벽은 말없이 차가운 이마를 드러내 놓는다 새벽에 책을 읽으면 활자 하나하나가 나의 인생이 된다 그새 몰랐던 것들이 도도한 강물로 일어선다 새벽에 책을 읽으면 내가 하나의 문체文體로 꽉 찬다 눈부시게,

그날 밤

그날 밤 음악이 날 데리러 왔어요 온종일 걸었던 나는 피곤하였고 방안에는 수백 송이의 안개꽃이 날아다니기 시작했어요 내가 방을 비웠을 때, 그들은 너무 적막했고 서른 송이의 분홍빛 장미꽃은 묶인 채로 문고리에 매달려 눈물을 뚝뚝 흘리기 시작했지요

그날 밤 다정한 것들의 손을 뿌리치고 피곤도 아랑곳없이 나는 한없이 떠내려갔지요 책속의 활자들이 이상한 탑을 만들고 있었어요 나의 모자가 여기저기 구겨져 있었고 나는 자꾸 떠내려가기만 했어요

그날 밤은 정말 이상했지요 나의 분신들이 자꾸 생겨나서 눈도 귀도 없이 정서를 흩뜨려 놓기만 하는거예요, 나는 살아있는 거야? 내가 나에게 묻고 싶어졌어요 너는 무얼하고 있는 거야? 누군가 또 물어오고 있었지요

조악한 눈물로 가득 찬 나의 인생이 낡은 휘장 아래 누워 있었어요 음악이 어둠의 골짜기로 흘러들어왔어요 나는 잠시 잠자리 날개 위로 날아보았어요

영혼의 메마른 석류 하나

　빨간 석류 하나가 쪼그라들어가는 것을 본다 영혼의 새빨간 피가 한 방울씩 말라 가는 것을 본다 눈부신 신맛은 긴 시간 공중에서 만들어졌다 햇살이 소곤소곤 지나갔고 별빛은 영혼의 섬유를 짰다 바람은 날마다 작은 몸을 흔들며 은은한 종을 울렸다 빨간 석류는 누구랑 긴 밤을 걸어왔을까 이제 천천히 말라가는 시간 앞에 서 있다

　빨간 석류는 책상 위에, 쌓인 책들 위에 눈부신 신맛을 간직한 채 서서히 몸을 말리고 있다 내 영혼의 어둡던 적막의 골짜기를 말리고 있다 내일이 없는 것처럼 오늘 한 개의 정물화가 나를 비춘다

　밀봉된 이야기를 풀어 놓을 능력이 없는 내가 몇 날, 며칠 새빨간 석류를 바라만 보고 있다 저들의 긍지를 나의 것이라 믿었다가 시간과 더불어 점점 가라앉는 말씀들을 지켜보고 있다 새빨간 석류는 내 곁에 왔다가 천천히 나를 떠나가고 있는 중이다

가문비나무 숲속으로 걸어갔을까

　가끔 그대가 생각나면 그대가 내 생의 어느 모서리 바람벽을 지나가며 슬쩍 옷깃 한번 보여주고 갔는지 아득한 꿈처럼 희미해진다 그대는 언제 은하수 물살을 헤쳐와 하얀 종이배 하나를 띄워놓고 내가 잠든 사이 저 먼 북극의 가문비나무 숲속으로 걸어갔을까, 그대를 만나지 못했던 긴 시간을 나는 잘 모르고 그대의 전생이 내게 심어준 눈물 따라 나는 새롭게 태어나서 그대를 그리워하는 한 마리 새가 된다

　벌써 사랑은 나를 지나서 저 먼 가문비나무 숲속에 잠들어 있을까, 다시는 그대를 만나지 못하고 나약한 내 뼈가 으스러지면 우리의 연민은 여기서 끝나는 것일까, 나는 하얀 성곽 속에 그대가 숨어있을 것이라 믿고 차를 타고 그 길목을 돌아서 간다 필시 그대도 저녁마다 구슬을 꿰어 이루어지지 않는 사랑의 깊이를 한 줄 한 줄 다듬고 있을 것이라고, 그대가 무심히 내 별자리를 밟고 지나가 버리면 나는 그곳에 비를 뿌리고 풀꽃들을 키운다

　가끔 그대가 생각나면, 그대는 나를 생각하지 않고 나를 잊어버리고 나를 알지 못하고 한 방울 물이 되어 먼 바다 쪽으로 흘러간다 이슥토록 저문 골짜기를 헤매는 나는 그대가 다녀간 적막한 강기슭에 홀로 꽃피는 목숨이다

동해남부선

철길 옆 언덕에 한번도 따먹지 못한 산딸기 넝쿨이 매달려 있다 꽃 핀 시절도 그 곁을 지나갔고 조그만 열매가 맺힌 것도 보았는데, 어제 오후 지나갈 때는 잎새만 넌출넌출 시퍼렇다 저 산딸기 누가 다 따먹었을까, 그때는 찔레꽃 향기가 근처를 진동하였는데 이젠 찔레꽃 덤불도 눈에 띄지 않는다

레일을 걷어버린 자갈밭을 한참 걸어 우리는 버스 정류장으로 간다 두 시간 버스 여행을 즐기고 몇 시간 뙤약볕에 앉아 있다 이 길을 지나갈 땐 수확한 푸성귀로 가방이 무겁다 자꾸 기차가 달려올 것 같은 착각이 일어나 아니야, 레일도 없는데 무슨, 멀리 새 길로 달려가는 기차도 가끔 본다

동해남부선 구 철길은 요즘 이슈가 뜨겁다 시민의 휴식 공간이 되어야 한다고 모두들 그런다 나도 어느 해 연말에 문우들과 바닷가 절경 속 폐선 구간을 몇 킬로 걸었다

어렸을 적 외갓집 가던 길, 새벽에 바다 위로 해 뜨는 걸 구경하고 해바라기 가득한 밭둑을 지나, 산나리꽃 흔들리는 차창 밖을 지나, 동해남부선 철길 옆으로 아직도 걸어가고 있는,

비의 몽상

늦은 밤이 비를 품고 있다 제주도를 적시고 남해안을 적시고 남부지방을 다 적신 뒤 내 사는 곳까지 밀려와 찻길을 적시고 골목을 적시고 지붕을 적시고 안방까지 적신다 비는 기억을 지우고 노래를 지우고 마음까지 지워버린다 텅 비어버린 나는 수없이 내려 꽃힌다, 부서진다, 섞이고 출렁거리고 흘러내린다

늦은 밤이 습기 찬 몽상들을 몰고 온다 살을 파고 든다 벌레처럼 갉아 먹힌다 만신창이가 된다 나는 졸아드는 한 개의 빗방울로 소멸된다 비는 오늘 밤 바다를 데려왔다 두렵고 낯선 손님을 데려왔다 생쥐처럼 새도록 처마 밑에 떨며 내 꿈은 익사하기 직전이다

늦은 밤, 형광불빛 앞에 내리는 비는 길고 먼 세월을 풀어 놓는다 아직도 내가 그대를 품고 있다고, 때로는 빗소리에도 서투른 삶이 흠뻑 젖어 휘청거렸다 거부할 수 없는 숙명들이 수억의 물방울로 내 몸을 넘나든다 비는 세상을 품고 있다 온 세상이 물속에 잠겼다

부추를 베다

오늘은 버스를 타고 멀리 밭에 간다
밭은 한 달 전부터 날 기다리고 있었을 것이다
투덕투덕 철로가 있던 자갈길을 지나서
가끔 실비가 뿌리기도 하는 밭으로 간다
밭둑은 풀이 무성하고 우리는 부추를 벤다
한바탕 검은 구름이 지나가면서 비를 뿌리면
가느다란 부추 잎에 반짝반짝 이슬이 맺힌다
나는 손으로 이슬을 털고 연방 가위질로
고무 통에 부추를 가지런히 베어 담는다
철망 너머로 가끔씩 기차가 지나간다
언니는 어린 배추와 열무를 솎고
나는 싹둑싹둑 가위로 부추를 벤다
여름날, 거두어들일 것은 다 거두어 먹었다
딱따구리 할매가 철길을 가로질러 오려다
도로 언덕 위로 올라가 버린다
새로 생긴 철망 때문인지 모르겠다
부추를 베고 배추를 솎아서 가방이 불룩하게
다시 버스를 타고 집으로 돌아갈 것이다
비 뿌리는 날 밭에는 아무도 나오지 않았다

제3부

그대가 이 세상을 떠나가고

그대가 이 세상을 떠나가고
나는 떠나간 자의 시를 읽는다
살아있을 적 한번도 만나지 못한
돌아간 자가 남긴 시를 읽는다
그대는 세상에 무수한 그림자들을 뿌렸다
가을날 바람 불어 저 숲속의 나무들 죄다
차가운 땅 위에 노랗게 물든 낙엽 뿌리듯이
그대가 흩뿌리고 간 빛깔들은 아름답다
나는 그 빛깔들로 그대 얼굴을 그린다
단아하고 명료한 그대 모습을 그린다
그대가 돌아가고 난 뒤에도 세상은 그대로 흘러
직박구리 새끼들이 창밖에서 울고 있다
그대에게서 나온 축복이
세상 위에는 끝없이 반복되고 있다
그대가 떠나가도 슬프지 않은 것은
한 편의 시 속에서 나날이
그대와 만나고 있기 때문이다

당신의 시집을 베고

당신의 시집을 베고 잠이 드는 날이 많아졌습니다
입추 지나자 기다렸다는 듯 귀뚜라미가 울어댑니다
베고니아 화분에서 빨간 꽃잎이 자꾸 떨어졌습니다
멀리 걷고 싶은 마음이 혼자 산모롱이를 돌아갑니다
이즘 창가에 햇빛이 참 많아졌습니다
당신의 시집에 한 여자와 한 남자가
한 여자와 한 남자의 실루엣 긴 그림자가
고독한 걷기를 시작한 것 같습니다
시집을 펼치면 더 먼 길들이 열리고
자욱한 숲에서 숲으로 이어진 길들이 보이고
내가 새도록 걸어도 닿지 못하는 풍경들이
아득하게 펼쳐지고 나뭇잎들이 떨어지고 호수에
물이랑이 일렁이고 늙은 오리들이 날아와 내려앉고
저문 하늘에 개밥바라기별이 반짝거리고
뭇 별들의 깜박거림이 은 싸라기를 뿌리고
당신의 시집을 베고 잠드는 날은 내가 고요한
축복 속으로 걸어들어 가는 것 같습니다
그곳에 당신은 없고 당신의 노래만 물결칩니다

밤새도록 비가 두드리는

밤새도록 비가 두드리는 세상은
얼마나 처연하게 깊어갔을까
나의 잠도 혼곤하지 못한 꿈길의 연속이었다
그날 보았던 어린 참새들이 새도록 비에 젖어
나무숲에 쪼그리고 있을 젖은 지구의 밤에
더 일찍 부실한 잎사귀들 빗물에 떠내려 간다
집이 없는 자들 을씨년스런 우기雨氣속에 아침을 기다
리고

밤새도록 머리맡의 시집 속에선 명랑한 시어들이
사랑과 빛의 단어를 품고 어둠에 잠겨있다
우리의 친근한 시인은 풍경이 흘러가는 강과 산을,
풍요의 들을 거닐다 벌써 오래전에 잠이 들었다
나는 낮이고 밤이고 시인의 뒤를 쫓아간다
한번도 본 적 없는 그의 얼굴은 부드럽고 선량하다
그는 내 손을 잡아주지도 않고 자기의 길을 걸어갔다
황혼의 빛깔이 그를 감싸고 어둑한 그림자 하나로
천지의 빛을 다 품고 쓸쓸하고 아름다운 저녁에 들었다
비가 잦아지며 날이 새고 귀뚜라미 소리 자욱하다
아침은 머리맡의 스탠드 불빛 앞에 모여들고
나는 온 밤을 함께 건너온 시인의 시집을 펼친다

한 시인이

한 시인이, 두툼한 전집 하나를 남겨놓고 죽었다 나는 그의 책을 읽는다 그의 살아있을 적 생각을 읽는다 그가 바라보았던 풍경과 동작들이 스크린처럼 떠오른다 시인의 지나간 마음 한 자락 여기 있는데 시인은 지금 어디에 있나, 그의 생각들은 어디 있나, 나는 시인의 뒤를 쫓는다, 시인의 과거를 쫓는다, 시인의 생각을 쫓는다,

한 시인이, 책의 갈피갈피마다 살아서 걸어온다 나는 시인을 맞이한다 그와 악수를 나누고 그의 세계에 동화된다 그가 나이기도 하고 내가 그이기도 한 착각 속에 빠져든다 시인을 이렇게 늦게, 알게 된 것은 불행일까, 다행일까,

나는 시인을 상상하고 시인을 직조織造하고 시인을 한 그루 나무처럼 내 안에 심는다 그러므로 시인은 내 안에서 소생蘇生의 꿈을 이룬다 나는 시인과 더불어 짝을 이루고 무한정 돋아나는 잎사귀처럼 우리는 책속에서 싱그럽다 나는 시인을 아름답게 채색한다 쓸쓸하고 슬프게 채색한다 그래도 시인은 선량하고 서늘한 눈매로 나를 보며 웃고 있다 시인은 나를 인도한다 언제나 싱싱한 잎사귀를 따다 준다 나는 그 향기로 삶을 이어간다 한 시인이 건네는,

아름다운 것들 1

머리등 밝히고 나는 시집을 읽는다 낮에 수천 송이의 연꽃들이 내 눈을 밟고 지나갔다 우리는 꽃들을 따라 종종 걸음을 쳤고 영상을 베끼느라 여념이 없었다

몇 송이의 해바라기는 장마 속에 꽃잎이 젖은 채로 다 피어서 씨가 여물고 있다 한 줌 씨앗을 뿌렸지만 새들이 파먹고 정말 몇 송이만 돋아났다 옥수수와 키 재기를 하던 그들이 내 키 보다 더 높이 올라갔는데, 비바람에 휘청거리며 간신히 꽃들이 피었다 나는 돌아다니느라 꽃잎의 절정은 보지 못했다 이제 꽃 지고 소용돌이무늬의 까만 씨앗들이 둥근 뱃속 가득 몸을 불리고 있다 나는 그것마저 새들에게 뺏길까봐 양파 망을 하나씩 씌워준다

내가 그의 시집을 찾으면 그는 기다렸다는 듯 내 앞에 책을 펼친다 그의 책은 두꺼워 내가 편하게 누워 읽기엔 좀 벅차다 해도 책을 펼치면 순식간에 그곳은 서늘한 바람이 불어오는 들녘이 된다 나는 어느새 그를 따라서 물이 흐르고 메뚜기들이 날고 사과가 익어가는 저녁놀 붉은 과원의 풀밭 속으로 들어선다

아름다운 것들 2

어제의 일들은 꿈 속 같이 지나갔다 정말 우리가 그렇게 멀리 달려갔고 또 우리가 그 많은 꽃들과 맞닥뜨렸으며 한 송이의 꽃과도 은밀한 대화를 나누지 못한 것이 못내 아쉽다 아름다운 것들은 순간의 의미를 갖고 있으며 순식간에 지나가 버린다는 것이 꿈속의 일들이라고 밖에 말할 수 없다.

그는 가을 속으로 걸어갔다 손을 호호 불며 겨울 속으로 걸어갔다 그는 사계의 필름 속으로 들어갔다 나왔다 하면서 내게도 보였다 안보였다 하며 숨바꼭질을 했다 그는 바람소리처럼 마루를 왔다 갔다 하며 놀고 안방으로 들어가 숨을 죽이고 귀를 기울인다 그는 쿨럭쿨럭 기침을 하고 기러기처럼 하늘 끝을 헤매기도 한다 유리창에 얼굴을 대고 검은 새들이 은빛 가지 위에 이리저리 나는 것을 바라본다 그는 때때로 유년의 고향집으로 돌아가 적막한 집안을 둘러보고 농기구를 정리하고 새벽별을 기다리기도 한다

나는 때때로 톱니를 물고 달아나는 저 아름다운 것들의

영상에 현혹되어 넋을 잃고 바라본다 내가 그를 지나
온 것일까, 그가 내 곁을 스쳐간 것일까, 아름다움의
끝에 오는 것들은 무엇이 있을까 생각해본다

비 오는 저녁

　비 오는 저녁, 내가 그의 진실을 한 올 한 올 뜯어보고 있으면

　그는 그 너머에서 빙그레 웃으며 말한다

　'나는 벌써 그 진실마저 버렸다'고

　그가 남겨놓은 두꺼운 책 한 권은 이미 나의 것이 되어 있고

　때때로 그것을 들출 때마다 숨겨진 비밀은 조금씩 열린다

　나는 거짓으로 모든 것을 생각 하다가도 그를 만나면

　잠자리 날개 같은 투명한 옷 한 벌 선사 받는다

　그는 나를 생각한 적 없지만 우연히 나는 그를 만났다

　그는 언제나 진솔한 그림자로 나를 이끈다

　나는 그를 뒤따라가지만 그는 돌아보지 않고 길을 간다

　한번도 만나지 않았지만 더 없이 가까워 질 수 있는

　그 일생의 진수眞髓가, 벌판에 선 나의 언덕이 되었다

　그를 바라볼 때마다 밤하늘에 반짝이는 별들을 만난다

　밤새워 헤어도 다 헬 수 없는 미리내를 만난다

비오는 저녁, 존재하는 모든 것에게는 배후가 있고
모든 현재는 과거라는 시간의 그림자를 이끌고 이
동한다고

그는 말했다, 침묵은 고여 있지 않고 흘러간다, 고

노파老婆

몇 년 전에 보았던 노파를 몇 년 뒤에도 본다
마름모 꼴 다리로 가방하나 울러 메고
천천히 마주 걸어오다 스치며 지나간다
고단한 삶이 배인 초라한 작은 움집을
찾아가는 중이리라
아무 말 없이 자신의 일생을 겉모습에 얹어
보여주는 노파는 그동안 긴 세월 잘 견디고
몇 가지 생필품을 등에 지고 내 앞을 지나간다
그가 가는 어디엔가 따뜻한 아랫목이 있고
절절한 추억이 있고 소찬素饌의 저녁상도 있으리라
아무 표정 없이 생의 무게를 묵묵히 견디는
걸음걸이는 마름모꼴 다리와 함께 절뚝거리며
더디게 걸어간다
불빛 하나 켜 있지 않은 그의 얼굴이
마주 걷는 나의 가슴에 넘쳐온다
그는 아무도 보지 않고 걸어가지만
나는 얼핏 보고 노파의 모두를 받아 안았다
노파가 얼마나 자신의 생을 힘겹게 끌고 가는지를,
아마 길에서 때때로 노파를 보았던 것 같기도 하다

그것이 수년이 흘러갈 동안 노파는 길만 보며 걸었고
나는 노파만 보며 걸었던 것 같다
하여도, 바쁘게 지나가는 사람들은 투명인간처럼
아무것도 보지 않았을 것이다

소로우의 눈目

150년 전 그때,
나는 소로우의 눈目 속에 있었다
어쩌면 개똥지빠귀 울음소리를 듣고 있었는지 모르겠다
오색거북이 알 놓는 걸 구경하고
회색 여우 한 마리 뒤쫓아 갔다
사향뒤쥐가 불어난 강물에 모두 쫓겨나고
솔콩새가 날아온 하늘에 전혀 발판을 갖고 있지 못했다
빗방울에서 황홀한 무지갯빛을 보며
그 풍경 안에 무엇이 들어있나 살펴보았다

한 그루 위대한 느릅나무 속에
진실한 고결성이 흘러간다
겨울이 나를 감동시키는 여름날에 대한
아득한 기억 속으로 걷고 또 걷는다
작고 미세한 자연의 소리가
우주의 모든 소란과 진창으로부터
나를 들어올린다
태양과 달, 아침과 저녁에 대한 관심은
나를 고독하게 만들었지만

고결한 영혼의 솟아오름과
내 안의 숲에 대한 즐거움은
나를 이 세상에 만족케 한다

모자를 쓰고

모자를 쓰고 머플러를 두르고 현관에서 부엌까지 마루를 오가며 시집을 읽는다 아직은 춥지 않은데 뿔테 안경을 끼고 모자에 머플러 까지 두르고 저녁 운동을 한다 무료하기 짝이 없는 실내운동에 이렇게 멋있는 치장을 하고 먼 시인을 불러오는 것은 무엇일까,

어제는 밭둑에서 드물게 기다란 뱀을 보았다 제발 나타나 주지 말았으면, 하고 풀밭을 헤집고 다니는데 뱀은 나를 비웃듯이 기다란 자세로 이리저리 기어다녔다 그러다 뱀은 순식간에 덤불 어디로 사라졌다 나는 부추를 캐어 담으면서도, 돌나물을 뜯으면서도 어디선가 뱀이 또 나타날 것만 같이 느껴졌다 가을이 깊어 억새가 날리고 지난 태풍으로 깻단도 넘어진 채로 볕살을 받고 토마토 덩굴도 휘청 기울어졌다

나는 모자를 쓰고 머플러를 두르고 바람도 없는 실내에서 서늘한 바람을 부른다 시인이 해지는 들녘을 휘적휘적 걸어가는 쓸쓸한 저물녘을 그린다 굴참나무 숲에서 도토리들이 떨어지고 풀잎들이 누렇게 말라가는 늦은 가을빛을 그린다

이상한 골목

집을 나서서 마주치는 얼굴 안으로 걸어들어간다
또 하나의 세계는 다양한 빛깔로 하지만
아무 관심도 없는 얼굴로 나를 받아들인다
뒤로 밀리며 소리 없이 무너지는 얼굴들
그에 관해 사색하지 않고 그의 중심을 밟고 지나간다
스러지는 공간의 미덕이 땅 위에 깔려있다
나는 그를 꿰뚫고 바람같이 지나간다
처음부터 소리 없이 비어 지나는 자의 과정으로
얼굴이, 몸이 되었으며 거기 그렇게 누워있었다
그는 기꺼이 나를 받아주고 보내주었다
그에 관해 사색하지 않았던 나를 기다려 주었다
내 목적이 아니었던 그는 징검다리처럼 거기 있었다
그는 텅 빈 하나의 연결이었을 뿐,
나는 그의 곁을 지나 아는 이를 만나러 갔다
무심코 그와 맞닥뜨리며 돌아오곤 하였다
그는 멀리서 돌아오는 이를 말없이 받아주었다
캄캄한 밤에 그는 때때로 바람소리 따라 울부짖었다
가장 가벼운 것들이 그의 얼굴 위로 나뒹굴었으며
그는 상처받은 아이처럼 울었다

숲속의 나무들

저 숲속의 나무들 진종일 흔들리고 어둠이 다하도록 휩쓸리고 시달려 마침내 하나, 둘 잎새는 나를 날렸다 나는 잠시 숲속을 지나왔지만 먼 시간부터 흔들리기 시작한 가지들 모진 강풍에 그네를 타다 울고 있다 전율하며 골짜기를 떠나지 못하고 있다 무수한 나의 분신들이 떨어져 허옇게 배를 뒤집고 이리저리 내몰리고 잠시 가슴 안에 비참을 깨물었다 나는 그들의 어둠을 지나간다 그들의 봄빛을 지나간다 서늘한 그늘 아래를 지나간다 자욱한 사색의 골짜기도 지나가고 시련의 끝자락까지 따라간다 저 숲속의 나무들 끝나지 않는 모습으로 물레를 돌리고 있다 아무도 주시하지 않는 그의 길은 멀다 길고 먼 길 위에 오늘의 황당함이 내 눈을 찔렀다

잎새들 하나하나 황량한 벌판 위로 나를 날렸다 나는 멍들고 메마르고 바스라지고 짓밟혀 눈물 없는 시간의 골짜기를 헤매고 있다

물방울 꽃

장마에 태풍, 폭우
서로가 끌고 밀고 광포하게 소용돌이치며
어떤 삶을 물속에 몰아넣는다
지구의 어느 한 부분이 흠뻑 젖어 절벅거린다
누군가는 용감하게 빗속에 생업에 열중할 것이고
누군가는 끊임없이 손바닥으로 빗방울을 받고
누군가는 흙탕물 속으로 떠내려 갈 것이다
소용돌이치는 구름떼에 밀려 나라와 경계는
아주 조그맣게 축소되어 티브이 화면으로 들어갔다
오늘은 우리가 물의 관점에서 우주를 보고
너도나도 물귀신처럼 듬뿍 젖어서 보낸다
내 안의 고요가 새도록 저물도록 두들겨 맞는
이상한 날의 저물녘은 먹물 같은 침윤으로 잦아들다
고슴도치 가시처럼 일제히 일어선다
우리는 벌써 이상기후 속에 들어서고 말았다
온 몸이 물관부로 가득 넘치고
흔들리는 빛의 우듬지에서 물방울 꽃들의 목이
댕강댕강 떨어지고 있었다

꽃댕강 나무

꽃댕강 나무에는 꽃이 없다
그 저녁 저물녘 초등학교 담벼락 밑에서
늦게 오는 버스를 기다리며 꽃댕강 나무 꽃들을
슬쩍슬쩍 한쪽 손안에 따 모으며 코에 갖다 댔다
하지만 지금 꽃댕강 나무에는 꽃이 없다
그 많은 꽃들을 피우고 하얗게 향기를 품다가
나무는 땅 위로 꽃을 모두 바쳤다
엉성하고 보잘 것 없는 나무 울타리도
제 몸빛으로 받아 안은 지고至高의 순간이
한 시절 머물고 간 적이 있었을까,
사람들의 일상이 빠르게 물결치며 흘러간 뒤
먼지와 소음의 거리에 귀한 햇빛 끌어당기며
새빨간 동백꽃 피어있다
눈물겨운 그들의 정서가 자꾸 구겨지는
삭막한 건물과 건물 사이 차들이 지나가고
사람들도 덩달아 빠르게 뒤쫓아 간다
보잘 것 없이 엉성한 나무 울타리 안에서
꽃댕강 나무는 다시 꽃을 꿈꾸고 있을까,

강아지풀

시민공원 밖으로 걸어 나오면
장사진을 벌이고 있는 강아지풀 동네를 만난다
공원 안에는 차마 못 들어가고 밀려난
저들끼리 동네를 이루고 형제, 자매, 아저씨, 아주머니
먼 친척까지 모두 모여 내노라 뽐내는 한 세상이 있다
바람이 불면 살랑살랑 꼬리를 흔들면서
머리도 몸통도 없이 꼬리만 끝없이 흔드는
흔들면서 하늘로 올라가는 강아지풀 행렬이 있다
어떤 것은 벼이삭처럼 고개를 숙이는 것들도 있고
어떤 것들은 빳빳이 쳐들고 대들면 대들어보라고
당당하게 뽐내고 서 있다
우리는 그 사이 오솔길을 걷다가 연두, 연두로 빛나는
강아지풀 세상을 스마트폰에 담는다
오래도록 연둣빛 세상에 잠기고 싶어서
강아지풀 형제들을 모두 끌어 담는다
문 안이나 밖이나 흐드러지게 피어서 즐거운 한 때,
깔깔대고 흔들리면 그만이지
강아지풀 자매들 도도하게 빛나고 있는데,

그때처럼 여자들은

그때처럼 여자들은 큰 나무 밑에서 장사를 한다
무슨 욕구에 가득차서 몇 번이나 그 길을 오가곤 했다
빛깔 좋은 과일들도 그 언저리쯤 놓여 있었지만
너무 무거울 것 같아 사는 것을 포기하고 말았다
순전히 나만을 위한 비밀의 내 것을 사기 위해
이리저리 사람들과 부딪치며 파란불을 기다리며
길을 건너고 건물 안으로 들어가 기웃기웃 훔쳐보고
흥정도 하고 돌아서기도 하면서 마치 꼭 요긴한
무엇이 있는 듯, 정말 그런 듯
기웃거리고 살피고 이리저리 헤매곤 하였다
하지만, 백지의 마음 위에 바람 한 자락 일어나면
그 바람에 이끌려 차를 타고
번화가 시장 통을 헤매고 다닌다
모르는 사람들 사이로 나무 밑 소음이 가득한
찻길을 지나 갖가지 잡곡들이 즐비한 난전을 지나서
싸구려 신발들이 질펀히 깔려있는 시장통
허접한 옷가지를 뒤적거리는 여인들 등 뒤로 정말
요긴한 일이 있는 것처럼 때로는 진지한 표정으로
무엇인가를 찾아 헤매는 것이다

비꽃

비가 온다는 예보가 있던 날
첫 빗방울을 받아보기 위해
늦도록 마당가 의자 위에 앉아 있었다
외등 불빛에 거무스레한 두 그루 나무 잎사귀도
함께 하늘을 쳐다보며 서 있었다
드디어 사방에 가느다란 빗방울의 느낌
맨 꼭대기 석류나무 가지 한 무리가
설레듯 조금씩 흔들리기 시작했다
뿌연 하늘빛 위에 떠 있는 한 무리 잎사귀들
그 모습들이 새삼 아름다운 검은 무늬로 나타났다
나는 한참동안 잎사귀들을 올려다 보았다
저들을 물속에 남겨두고 방으로 들어가겠지
오늘밤 그들은 듬뿍 감성에 젖는다
비 한 방울 얼굴에 받았다
아득히 먼 곳으로부터 오는 수억의 작은 소식들
조용히 일깨우는 차가운 느낌 하나
빗방울은 이내 전신을 휘감아 버렸다

제4부

책들이 일어서다

진종일 책꽂이 안에 낀 채 숨도 못 쉬던 책들이
주인도 돌아가고 바깥세상도 잠잠해 진 한 밤중
약속이나 한 듯이 부스스 깨어나 일어선다
서로가 제 있던 자리를 바꿔 나란히 서서
앞으로 갔다 뒤로 갔다 일렬로 걸어보기도 하고
휙 날아 다른 자리에 가서 앉아보기도 하고
온갖 모양도 만들고 원도 그리며 색도 맞추고
책들은 한 밤중 상상의 날개를 활짝 펼치며
저들끼리의 유희를 즐기며 키득거린다
그동안 너무 답답한 시간들을 견디어 왔다고
새벽이 오기 전 얼른 구두 한 짝 잃어버리지 말고
모두 제자리로 돌아가 시침을 뚝, 떼고
가지런히 햇살 비추는 창문을 향해 안녕,
책들은 밤마다 답답한 서가에서 빠져나와
한 밤중 저들끼리 온갖 유희를 즐기고 있었을 거라고
어쩌면 그럴 거라고
책방 문을 열며 의심의 눈초리를 보내는 주인은
몰래 벽 뒤에 숨어서 다 보고 있었을 거라고,

운동장

　나는 운동장을 돌며 걷고 정자 밑에는 어떤 남자가 앉
아있다
　햇볕이 반쯤 가버린 운동장에서 햇빛만 따라 가면서 걷
고
　몇몇 여인들은 소곤소곤 얘기하며 운동장 끝까지 돈다
　가끔 구름이 햇빛을 가려 운동장이 모두 그늘일 때도
있다
　운동장 위에는 상수리나무와 오리나무가 가득 서 있다
　바람이 건드릴 때마다 우우, 나무가 우는 소리를 내고
있다
　운동장 앞에는 교장선생님이 올라서서 훈계하실 연단
이 있고
　옆에는 높다란 곳에 누구에게나 다 보이는 시계가 있다
　시계의 분침이 한 바퀴 돌아갈 때까지 걷다 갈 것이다
　일요일, 운동장은 고요하고 운동장 주위로 나무숲이 서
있다
　숲은 뭉게뭉게 운동장으로 넘쳐들어 올 것같이 높고 자
욱하다

74

금방 햇살이 기울면 사람들은 돌아가고 마침내 나무숲은

검은 어둠을 품고 운동장을 다 덮어버릴 것이다

그대가

　그대가 사각모양의 칸 안에 온갖 덩굴과 꽃들이 핀 꽃
무늬 카펫을 깔고 풀밭에서 뛰노는 하얀 토끼 한 마리를
베고 잔 것을 기억하기는 하나요? 장미꽃 무늬가 포근한
담요를 덮고 수없이 많은 풀꽃들과 함께 누워 있었던 밤
을 기억하기는 하나요? 잠이 안 온다고 수차례 머리맡의
스탠드를 켜고 시인의 풀밭 속을 걸었던 자정 이후의 고
요를 기억하기는 하나요?

　새벽이 희끄무레하게 밝아오면 잠은 하나도 잔 것 같지
않고 저 황홀한 꽃들과 헤매다 새벽 강에 다다른 것만 같
습니다　돌아보면 고요한 정물들도 밤새 눈을 뜨고 지켜
보고 있었던 것 같습니다 따뜻한 잠자리와 밝은 불빛, 그
속에 안겨 긴 강물을 흘러온 것 같습니다 아침엔 머리를
감고 작은 가방을 울러 메고 외출을 합니다 그대가 인생
의 전 과정을 담고 축복이라는 아침의 빛을 받으며 걸어
가는 시간을 어쩜 알기나 하나요?

지는 해

지는 해를 보는 것은 늘 내가 시장 갔다 전화국 쪽으로 걸어내려 오는 길에서다 문득 고개를 들고 보면 어지러운 전선줄 사이로 너무나 크고 아름답게 변한 빨간 해가 서쪽 하늘 저 멀리 둥그렇게 떠 있다 해가 저렇게 붉은 빛깔이었던가, 나는 새삼 해가 더없이 아름다워 질 때도 있구나, 하고 생각했다

때때로 그곳을 지나올 때, 해가 막 지고 몇 송이의 구름이 테두리가 황금색으로 변한 채운彩雲을 만날 때가 있다 그건 해보다 더 찬란하게 보인다 아, 상서祥瑞로운 기운이다, 하고 가볍게 탄식한다 무슨 좋은 조짐이 일어날 것만 같아 잠시 그 자리에 서 있고 싶지만 나는 계속 걸어가며 순간을 즐길 뿐이다 이 순간이 지나면 사위는 조금씩 어두워지고 우리는 저마다 스스로의 어둠속에서 더듬더듬 하나씩 등불을 켠다

미세먼지

미세먼지 위에 초 미세먼지가 난무한다고 방송에서 떠든다

가득한 운무가 미세먼지를 품고 며칠을 두고 날아가지 않는다

미세먼지 때문에 오늘 30분 걷기를 포기 했다

먼 산을 쳐다보면 무엇이 가득하고 뿌옇다

그래도 외출을 하고 차를 타고 이동하느라 조금씩 걸었다

초 미세먼지는 얼마만큼 내 폐로 들어가 쌓였을까

초 미세먼지는 거침없이 폐로 들어가고 혈관으로 들어가고

온 몸을 돌며 염증을 일으킨다고 한다

젊은 시절을 무척이나 애 먹이던 빈약한 폐,

한 평생 뱉어낸 수많은 피, 가래들

이제 멈추었다, 그러나 여전히 빈약한 내부를 상상한다

우주의 생명 에너지를 빌려 널브러진 갖가지 염증들을

다 태워버리라고 부탁한다

온갖 찌꺼기가 쌓이고 곪아버린 비밀한 동네의 구석구석을

돌아보며 맑게 씻어내지 못했던 나태한 일상을 꾸짖는
다

기침 한번에 날아갈 미세먼지가 아니다

이쯤이면 우리는 갇힌 지구인의 신세는 아닐지,

뿌연 하늘 아래 미세먼지를 마시고 뿌옇게 오염된 내부
를

천천히 들여다 본다

고요의 깊이

새벽마다 내가 얼마나 고요해 지는가에 대해 실험한다
반듯한 자세로 고요히 들이쉬는 숨결 하나를
심해 깊숙이까지 빨아들이고
내 쉬는 숨은 천천히 저 우주까지 올려보낸다
사물들이 잠자는 시간에 아무것에도 방해 받지 않고
고요한 호흡 하나로 살아있다
그러다가 슬며시 일상의 동작들이 스며들어와
나는 없고 무수한 타성의 그림자만 난무한다
스쳐간 필름들이 나를 대변하고 그 속에 빠져
내가 무엇을 하는지 조차 모르게 몰두한다
웃고, 떠들고, 이야기하는 동작들은
모두 나의 그림자들이었다
그림자를 재생하는 이 시간이 진정 나인지
바람처럼 떠도는 내가 정말 나인지 잘 모르겠다
아무튼 나는 고요 하나를 붙들고
삶의 저 어두운 심해에 앉아있다
뭇 감정들이 난무하는 관계와 관계에서 벗어나

침묵의 산 하나를 마주한다
나는 나이기도 하고 내가 아니기도 한 것 같다
일상의 한 틀 속에 갇혀 있다고도 생각한다
나는 정말 고요해질 수 있는가,
반복된 동작에 슬며시 웃음 짓기도 하지만
어찌했던 나는 고요의 깊이에 대해
가늠해볼 의욕은 늘 가지고 있다

천개의 바람을 등에 업고
일만 송이 꽃들이 길을 열고 있다

1

우리는 일만 송이 꽃들 속으로 걸어들어갔다 흐르지 않
는 시간이 천개의 바람을 안고 잠자고 있었다 우리는 비
밀의 향낭香囊을 펼쳐보았고 천년의 바람을 훔쳐내었다
지상의 꽃들을 비추고 있는 꽃의 거울 속에는 일만 개의
방울소리가 숨어있었다

일만 송이 꽃들이 길을 나섰다 저문 늪을 지나 비단 치
맛자락 끌며 곡옥曲玉 귀걸이들이 오랜 잠을 털며 일어서
고 있었다 저 산 위에도 발밑에도 수레소리 요란한 고대
사의 그늘이 기지개를 켜고 있는 중이었다

천년의 바람이 꽃잎을 흩뜨리고 일만의 방울소리를 울
리며 꽃들 가운데로 걸어 들어갔다 천년 뒤 떠오르는 뜨
거운 길 하나가 꿈의 빛을 열고 꽃길 속으로 걸어가는 낯
익은 얼굴들이 일만 송이 꽃의 거울 속에 도화桃花빛으로
화끈거렸다.

2

바람 속으로 몸을 푸는 천년의 여자들
바람의 길을 따라 어디든 귀밑머리 흘리고

바람 속으로 사라져 버릴 향기로운 살빛들

향낭 하나씩 간직한 그녀들이 풀어 논 바람 위로

뽀얀 살빛 밟으며 하늘 길을 걸어간다

바람의 거울 속으로 얼굴 비춰보며 출렁이는 여자들

일만 개의 꿈의 향낭을 흔들며 눈짓하는

일만 송이 여자들의 겨드랑이 사이로 흠뻑 젖어 들어간
다

일만 송이 꿈의 살빛 따라 구름 위를 밟고 간다

※경주 연꽃단지를 다녀와서

혹독한 추위

며칠은 혹독하게 추웠고 며칠은 추적추적 비가 내렸다 나는 혹독한 추위가 아직도 방안에 머물러 가지 않고 구석구석 컴컴한 어둠을 만드는 것처럼 보인다 어둠속 냉기류로 감기를 앓고 코를 훌쩍거리고 어둠을 안고 전전긍긍했다 혹독한 추위가 할퀴고 간 앞마당엔 재스민 한 그루가 죽었다 그 진한 향기를 조금씩 미워했던 것일까, 나는 재스민을 수수방관 했고 드디어 재스민은 죽었다 나는 쿨럭쿨럭 기침을 하고 저울 위에서 앙상한 내 몸이 더 가벼워 진 것을 알았다 창피하다는 느낌으로 얼른 욕실에서 나왔고 이 겨울, 무엇이 죽고, 무엇이 살아있는지 가늠해보기 시작했다

모든 것들은 제 자리에 서 있었지만 실은 모든 것들은 조금씩 가고 있었다 나날이 기상방송에 귀 기울이고 민감한 반응을 보였다 또다시 거울 앞에서 앙상한 내 몸과 맞닥뜨린다면 모든 뼈다귀들에게 어서 잎사귀를 피우라고 채근하고 싶어졌다 그리해서 이 혹독한 진실을 몇 개의 잎사귀들로 좀 가리고 싶었다

나무야

어떤 사람은 생의 심연을 건너가는 한 그루 나무를 의미 깊게 바라보았는데, 나는 차창에 흔들리는 숱한 나무들을 그냥 멍청하게 바라보았다 어느 때 날 놀라게 한 나무들도 더러 있었지만 나무는 제 속의 푸른빛만 시리도록 밀어 올려 지나는 우리의 배경이 되어주었다 내 앞에 서 있는 나무나 뒤에 서 있는 나무들이 나보다 더 보이지 않는 근원을 향해 서 있는 걸 본다

나는 늘 불안한 존재로 찻길을 건너가고 나무는 아침마다 수천의 얼굴로 아득한 우주를 흔든다 수만 그루의 나무들이 모이면 그 광대함의 깊이가 바다 물결이 되는데, 한번도 그 바다에 손을 넣어 본 적 없지만 바다는 좀생이 인생이 다가오지 못하게 항상 시퍼런 칼춤을 추고 있다. 사소한 나의 생각이 나무에게는 소용이 없다 처음부터 끝까지 나무는 소리 없이 세상을 건너가고 있었으니까.

하늘을 가득 덮은 꽃나무의 폭발하는 기쁨도 제 세상의 먼 길을 혼자 걸어가는 연인의 모습이다 무수한 톱날에 베어져 땅 위로 나둥그러지는 나무도 나에게는 놀라움이다 더하여 저기 지는 빛을 받으며 끊임없이 생명을 퍼 올리는 늙은 한 그루 나무도,

강연회

유명 시인들의 강연회에 갔습니다
유명 시인들은 맨 앞 무대 위에 앉고
무명 시인들은 뒷줄에 앉았습니다
서로 마주 보며 저쪽에선 무질서의 강연을 하고
이쪽에선 차분한 경청의 시간을 가졌습니다
질서와 무질서를 서로 주고받으며
유명 시인들은 무명 시인들의 머리 위로
박쥐 떼처럼 어지럽게 날아다녔습니다
나이보다 훨씬 늙어 보이는 유명 시인 한 분은
어쩌면 술을 너무 마셔 그런지도 모른다고
무명 시인 하나는 생각했습니다
그들은 싸구려 시를 쓰지 않는다고
호언장담 하는 문구를 이마에 내 걸고 있었지만
어떤 것이 고귀한 시가 되는지는 말하지 않았습니다
마음을 닦지 않고도 더 높은 경지에 오를 수 있는지
쥐어짜고 박박 긁어서 피가 나도록 밀어붙이면
더 좋은 시가 태어날 수 있는지 묻고 싶었습니다
유명 시인들은 저마다 개성적인 월계관 하나씩 달고

무명 시인 앞에 빛나고 있었지만
뭇 얼굴 속에 숨어있는 무명 시인 하나에게는
얼룩진 삶의 그림자 밖에 보이지 않았습니다

여름날

붉가시나무를 지난다 갈참나무를 지난다 또 붉가시나무를 지난다 가시나무와 붉가시나무는 어떻게 다른가, 갈참나무는 졸참나무와 어떻게 다른가, 편백나무와 삼나무는 같은 듯 다르고 숲속에는 사람들이 걸어가고 배드민턴을 치고 자리를 깔고 논다

물가의 나무토막 위에 자라 세 마리가 나란히 앉아있다 아버지가 아이들을 불러 자라를 보라고 소리친다 엄마는 거북이라고 말한다 다리 밑에는 물고기들이 던져주는 먹이를 받아먹느라 소란스럽다 물살은 어딘가 흘러가고 있다 사람들은 모두 나무 그늘 밑으로 숨고 나뭇잎들은 까마득히 하늘을 덮고 있다 그 사이로 언뜻 언뜻 비치는 하늘이 별처럼 반짝거린다

순도 백퍼센트의 맑은 공기가 까마득한 잎사귀들 사이로 내려오고 있다 사람들도 물고기처럼 순도 백퍼센트의 공기를 받아 마시며 즐거워하고 있다 꽉 찬 밀도密度를 자랑하며 뜨거운 여름날도 어딘가 흘러가고 있다

마가렛, 마가렛

운동장을 들어서자 밀물 같은 꽃들의 인사
하얀 마가렛 나라가 눈부시다
누가 어린 꽃들을 심어놨을까,
꽃들의 무도회 속으로 들어간다
걸어서 하늘까지 닿겠다는 꽃들의 열망이
하얀 리본을 머리에 꽂고 출렁거린다
이 길의 저 끝까지
가벼운 리듬을 밟고 따라가 본다
깔깔거리며 꽃들이 묻는다
생애의 어떤 순간
환상적인 꽃들의 초대를 받기도 하지
저 멀리 가득한 곳까지
마가렛 어린 누이를 내 눈에 다 담는다
아침 풀밭에서 맑은 풍금 소리를 내는
꽃들의 의도를 이제야 알겠다
몹시도 흔들리던 저녁이 있었지
밤에도 잠자지 않고 먼 사막을 헤매어
눈물 한 방울 길어 올린
수많은 고사리 손들과 악수한다

어떤 날

유리창엔 아직도 긴 담요가 걸려있다
담요가 그리는 커다란 한 송이 꽃을 바라보며
장미꽃을 떠올리다가 아마 해당화가 아닐까 생각한다
장미 잎사귀에 까치밥 열매, 그건 장미과일 것이다
오늘은 종일 내가 유연한 알 속에 있는 듯
현관문 한번 열지 않는다
가끔 내리는 비와 미세먼지가, 일요일이, 자꾸
유연한 점액질 속으로 이끌려 들어가게 했다
한 몇 시간은 노래를 듣고
몇 시간은 오래 잠자던 책을 읽는다
한번 깨뜨리면 주워 담을 수 없는 점액질 속내처럼
현관문은 단단한 껍질이 되어 안도의 토닥거림을 주었다
담요가 만들어 준 침침한 그늘 밑에서
매화꽃이 떨어지고 있을 살벌한 뒷마당을 생각한다
거기 생생한 배고픔에 쭈그리고 있을
고양이들의 터전이 있다
모진 추위에 누렇게 말라버린 분화초들이
열심히 꽃눈 뜰 준비를 하고 있는 몇몇 나뭇가지
비 그치고 햇빛 밝은 날 봄을 건지려

한나절 장갑 끼고 나설 것이다
하루가 속절없이 무너져 가는 것을 보며 오늘은
정말 시류에 물들지 않는 어떤 시간들이
왔다 갔는지 알 수가 없다

아무도 없는 곳에

아무도 없는 곳에 앉아 있는데
잠시의 침묵 뒤에 어둠이 서서히 걷히면서
동쪽 벽에서 별의 잎사귀들이 푸르르 떨어져 내린다
서쪽 벽에는 많은 것들이 쌓여서
밤마다 탑을 쌓고 탑을 허물어 내리면서
먼 길을 가고 있는 것처럼 보였다
북쪽 벽에는 창이 있고 창문 뒤에는 온갖
꽃과 덩굴들이 벽을 기어오르고 있었다
필시 등 뒤의 남쪽 벽에도 많은 이야기들이
겹겹이 쟁여져 있겠지
아무 시선도 없는 곳이라 경계를 풀고
내부의 커다란 어둠 하나 만들까 했지만
사방으로 뚫린 그들의 시선에 사로 잡힌다
내 밖에 있는 그들, 동시에 내 안에서 웃는 그들
삶은 늘 공존의 역사를 되풀이 한다고
온갖 사물들 하나하나의 격格이 자꾸 일어선다
아무도 없는 곳에, 아무 것에도 닿지 않는
동굴 하나 만들고 싶지만
펼쳐지는 풀밭과 구름같이 퍼져나가는 잎사귀들
모두가 생애의 대단한 무늬들이다

파랑새

새 한 마리를 내 방안에 들여놓고 부터는
어쩐지 벽이 환해졌다
새벽 소식과 함께 날아온 새 한 마리는
작은 다리로 꽃잎에 앉아 먼 곳을 보고 있다
오랜 기다림 끝에 나에게로 날아온 것 같아
방에 들 적마다 나는 새를 오래 바라본다
꽃잎에 앉아 꽃의 꿀을 먹는 연둣빛 동박새
실물보다 더 큰 새 한 마리가 내 벽을 채우고 있다
어두운 방의 조명처럼 방안을 환히 밝히고 있다
자나 깨나 새 한 마리가 홀로 빛나고 있다
방안의 모든 사물들이 가만히 귀를 모으고
고요의 새 한 마리를 바라보기 시작했다
저 새는 어디서 날아왔을까
새 한 마리가 점점 더 크게 부각되어 오는
적막한 작은 방
나는 새 한 마리의 의식에 손을 잡고 놓아주지 않는다
새 한 마리는 내게 온 파랑새였다

튜립나무꽃

튜립나무 꽃송이들이 이리저리 흩날리는
가로수 길을 따라 사람들이 바쁘게 걸어가고
나도 누군가를 만나러 가벼운 걸음으로 싱그러운
오월의 튜립나무 잎사귀를 올려다봅니다
여기저기서 재건축을 하느라 공사판이 벌어지고
십 년, 혹은 수십 년 살던 집을 떠나 사람들은
몇 개의 세간살이를 챙겨 흩어져가고 있습니다
빈 상가마다 공인중개사 사무실이 들어서고
정든 지붕들의 거대한 파괴 뒤에 온갖
풍경들을 가리는 마천루 같은 건물이 들어섭니다
행여 공사 길에 방해되는 가로수가 있으면
가차 없이 나무들을 베어냅니다
수십 년 자란 나무 둥치들도, 까마득히 작은 숲 동네도
콘크리트 건물 앞에선 속수무책입니다
도시가 점점 어두워지고, 가까운 산이 멀어지고 있습니
다
튜립나무 꽃을 보신 적이 있으십니까,

예쁜 꽃송이가 당신의 머리 위에서

수줍듯 빛나다가 낱낱이 흩어져 내립니다

나는 튜립나무를 사랑하고 그들이 도시의 수호신처럼

서 있는 것이 기쁩니다

아름다운 것에 닿는 갈망의 온도
– 김선희의 시세계

정미숙
(문학평론가)

진정한 사랑이란 가장 아름다운 것에 대한 사랑이다.

– 플라톤

　김선희 시인의 새로운 시집은 '아름다운 것'을 향한 '갈망'으로 가득하다. "아름다운 것들은 순간의 의미를 갖고 있으며 순식간에 지나가버린다"(『아름다운 것들 2』)라는 구절에서 이끌어낸 '아름다운 것들'은 대상의 유한성과 지속의 순간성에서 발생하는 '순간의 미학'을 역설한다. 이러한 순간의 유일성은 또한 인간의 유한성을 끊임없이 상기시키곤 하는 것인데, 그런 까닭에 우리에게 아름다움은 거의 늘 비극적으로 보이고 모든 것은 덧없는 것이라고 생각하게 한다.

김선희가 추구하는 숭고와 애련의 대상인 '아름다운 것'의 의미는 간단하지 않다. 인간의 유한성에 기원을 두고 있는 아름다움을 향한 동경은 그 자체로 시인의 시적 구도構圖/求道로 연결된다. '아름다운 것(들)'은 크게 구분하면 자연, 시 그리고 시인에 대한 고구이다. 시인은 '아름다운 것'에 깊이 닿아 시를 통하여 이를 구현하고자 한다. 하나, 그것은 요원하다. 태생적인 한계를 갖는 유한자로서 대상과의 영원성을 도모하기가 어려운 탓이다. 매혹적인 대상의 포획은 무한한 동경으로 남는다. 그럼에도 상처 받은 화자의 타자를 향한 이해의 여정은 가열차고 자신에 대한 탐구는 치열하다. 나는 시인의 이러한 구도적 자세를 아름다움을 향한 '갈망'이라 부르고자 한다.

　갈망은 우선 '간절한 욕망'을 말한다. 수잔 스튜어트Susan Stewart에 따르면 간절한 욕망longing은 미래─과거로 향하고, 경험은 서사의 물질성과 의미를 생성해 내는 동시에 초월한다. 김선희에게 있어서 우선하는 아름다운 것인 갈망의 대상은 자연이다. 시인은 자연의 심오한 질서에 압도되고 그곳에 이를 수 없는 갈망을 느낀다. 다음 갈망은 마치 '임신 중 여성이 느끼는 공상 섞인 열망'과 흡사한데, 시/시인에 대한 경애가 잉태 욕망으로 드러난다. 이는 불멸과 연관된 초월적 개념일 수도 있고 대지(시골/농경)와 연관된 개념일 수도 있다. 생물학적 현실과 상징계의 시작이라는 문화적 현실 사이의 간

극이 임신을 통해 접합되는 까닭이다. 또 다른 갈망은 연민과 함께 하는, 시인 스스로에 대한 긍정이다. 시인의 자기애는 자신을 위하여 무엇을 취하고 남기며 드러내는가를 알게 한다.

아름다움은 자연(생명), 예술(시), 주체(시인)의 삼위일체로 견고하다. 아름다운 것을 향한 시인의 갈망이 어떻게 전개될까? 갈망은 아름다움에 닿을 수 있을까? 갈망이 앞서면 고통스러운 욕망이오, 탄성을 잃은 갈망은 공허한 메아리로 추락할 수 있기 때문이다. 이 글은 시적 갈망의 아름다움이 삶의 지평을 넓히고 생의 리듬을 기억하게 하는 사랑의 온도임을 증명하는 데 바쳐질 듯하다. 김선희 시 안에서 가능한 사랑으로, 우리는 새롭게 꿈꾸고 잠시 뜨거워 져도 좋을 것이다.

1. 신화적 상상과 거리의 미학

김선희는 꽃의 시인이다. 시인처럼 '꽃'을 좋아하는 이가 얼마나 될까? 아름다운 꽃들을 향한 동경과 헌사가 넘쳐나는 그녀의 시집에는 흐드러진 꽃향기와 지는 꽃의 처연함이 공존한다. 시인의 첫 시집이 『고호의 해바라기』라는 사실이 새삼 주목된다. 일찍이 '고호의 해바라기'를 통해 '고호'를 빗겨서 해바라기의 빛의 영혼과 자유를 주목한 그녀의 시작

은 상식이 부여한 질서, 주체와 대상의 서열을 흔들며 **뻗어**
간다.

아름다움을 향한 시인의 갈망은 생명, 자연만물에 대한 사
랑에 근간을 두고 있다. 이것은 애련한 '순간의 미학'을 동반
한다. 영원을 지향하나 우리가 공유하는 시간은 순간이다.
시인의 자연은 '꽃' '나무' '바위' 등의 유구한 생명에서 '비' '바
람' 등의 자연현상을 포괄한다. 생명의 근원에서 일상과 함
께 하는 존재에 대한 탐사를 지속한다.

시인은 유한한 인생과 무한한 대자연의 질서를 맞세우지
않는다. 개체의 개별적 다양성에 앞서 우주적 질서와 생명의
흐름에 대한 전체적 구도를 인식하기 위해 분주하다. 근원의
시간을 추적하는 시인의 시세계는 다분히 서사적이다.

> 고대인의 땅으로부터 단 한 번의 몸바꿈도 없이
> 여기 이 자리를 지키며 목숨의 하늘을 펼치고 있다
> 수많은 명암의 옷자락 바꿔 입으며 또 한 번
> 그 옛날의 내가 지나가고 지나가며 거쳤을 하늘밑
> 그대는 한 그루 나무로 우뚝 섰고
> 나는 사유思惟의 눈을 가졌다
> 참 많은 이야기들 흘리고 흩어지고 사그라져 묻혔을
> 고대인의 그림자는 다 어디로 가버렸느냐,
> 그대는 여기서 우주를 향해 뻗어나갔고
> 지구 저 건너편에서 바람에 불려 나는 태어났다
>
> ―「천년의 이팝나무」

「천년의 이팝나무」에서 '천년의 이팝나무'는 영원과 순간, 주체와 타자의 변증적 관계를 보여준다. 김선희의 시적 지향을 또렷하게 보여주고 있는 이 시는 신화적 사유와 윤회 사상이 씨줄과 날줄로 얽혀 '이팝나무'의 자리를 도드라지게 표시한다. '천년의 이팝나무'는 외경의 대상이다. '천년'은 헤아리기 어려운 영원에 가까운 시간이다.

천년의 이팝나무가 목숨을 다해 지켜온 것이 '목숨의 하늘'이라는 대목은 섬세한 해석을 요한다. '이팝나무'는 그 하얀 꽃모양이 마치 이밥쌀밥을 닮았다고 하여 '이팝나무'라고 불린다. 신목神木과 같은 신성성을 갖추고 있는 나무로 신목의 덕목인 모성적 속성과 남성적 생산성을 아울러 갖추고 있는 지혜의 나무라 일컬어진다. 고래로 동아시아에 번식하며 굶주린 사람들의 허기를 달래고 희망을 드리웠을 이 나무는, 고달프고 애달픈 인간의 삶을 지켜준 친근한 존재라고 할 수 있다.

화자는 '천년의 이팝나무'가 지키며 보았을 삶의 명암을 실재와 상상의 시선을 다하여 그려본다. 시인의 '천년의 이팝나무'는 고대인의 땅으로부터 단 한 번의 몸바꿈도 없이 이곳을 지키고 서 있는 외경의 대상이다. '이팝나무'는 그 자리 그대로 요동도 않고 생명을 이어가며 유구한 시간을 견디고 고달픈 생명들을 지켜내고 있다. 이에 비해 '나'는 몇 번의 윤

회를 거듭하고 '지구 저 건너편'에서 '바람에 불려' 자신의 의지와는 무관하게 태어나 겨우 한 생을 힘겹게 이어가는 존재이다. 시인은 '목숨의 하늘'을 펼치며 영원한 생명의지를 구현하고 있는 '나무'를 보며 나무의 영원성과 나의 우연성을 생각한다. 「천년의 이팝나무」는 시인의 신화적 사유를 드러낸다. 신화적 상징에 의하면 '나무'는 세계의 중심, 생명을 뜻하는 생명수tree of life, 우주와 교신하는 우주수cosmic tree이다. 시인에게 자연은 생명이고 사랑이다.

사랑의 자연을 향한 시인의 신뢰는 '칼라하리 사막'(「칼라하리가 있다」)에 대한 단상에서도 확인된다. 시인이 '마음의 날개'로 달려간 아프리카 서남쪽의 칼라하리 사막은 육안으로는 감히 짐작하기 어려운, 신비로운 생명의 역사가 펼쳐지고 있는 곳이다. 풀 한 포기조차 자라기 힘들 것 같이 팍팍한 열사의 아래에 심해가 있어 사랑과 풍요가 영원으로 흐른다. 그곳은 "홍엽새들이 풀잎으로 엮은 둥지를 짓고 새끼들을 키우고 어린 타조가 어미와 함께 막막한 사막을 걸어 작은 강줄기를 찾아가는 곳"이다. '목마름의 땅 칼라하리' 그 열사의 땅 깊은 곳에 짐작도 못한 "수직 벽사이 용의 숨결 동굴"이 있고 "지하 수백 미터 깊이에 물이 흐르고" 있다. 깊은 곳에 용의 숨결, 동굴이 있다는 상상은 신화적이다. 신화에서 용은 임금, 권력자의 의미이고, 용의 거처인 동굴은 통과해야 성숙해진다는 성숙의례puberty ceremony를 함의한다. 성숙의례는 또한

결혼, 어른, 생산의 개념과 연결된다. 이처럼 김선희의 자연은 기저에 따스한 사랑, 생명의 흐름과 연결되어 있다. "뭇 생명들의 목마름이 타는 갈증을 식히는 곳", 시인이 되뇌는 '칼라하리'는 어김없이 어미가 새끼를 기르고 있고, 생명의 양수로 넘쳐나는 '맨발의 어머니'가 양육의 '스위치'를(「봄비」) 올리는 곳이다.

이처럼 우리의 시선을 '자연'으로 이끄는 시인의 의도는 무엇인가. 세사, 세속의 논리에 묶여 우리 안/밖의 다른 형이상학적 가치, 이상의 거처를 상상조차 하지 못하는 눈 뜬 장님들의 개안開眼을 촉구하는 것이라고 생각된다. 칼라하리 사막의 검은 물빛을 닮은 듯 눈이 퇴화된 금빛 메기들이 눈감고도 주위 상황을 다 파악하고 있는 것과 대비되는 것이다. 검은 물빛을 닮은 금빛 메기는 이미 눈을 뜨지 않아도 온 몸의 촉수로 세상을 느끼고 읽을 수 있다. 온 몸을 열고 느껴야 세상의 흐름, 생명의 흐름을 읽을 수 있는 것이다.

> 한 그루 꽃나무가 제 몸의 비늘을 털어내고 있습니다
> 보이지 않는 어떤 손이 밤새 지어올린 집이었지요
> 사람들은 바람처럼 휩쓸리며 나무 밑을 지나갔습니다
> 꽃나무도 스스로 하늘빛에 취했습니다
> 눈부신 방들로 꾸며진 작은 집이었습니다
> 꽃나무가 걸어온 길은 메마르고 삭막한 시절이었지요
> 빛의 통로를 따라 반짝 열린
> 꽃나무의 잔치는 대단한 것이었습니다

당신이 잠시 한 눈 파는 사이 구름 속의 집들은
꽃비늘이 되어 날아가 버릴 것입니다
꽃나무가 털어내는 제 몸의 간지러움을
사람들은 꽃비라고 부르지요
한 그루 꽃나무가 가졌던 내밀한 꿈들이
단단한 세상을 향해 흩어지고 있습니다

- 「꽃잎, 지다」

　「꽃잎, 지다」에서 시인은 아름다운 것들이 스러지는 '낙화'
의 무상한 순간을 포착한다. 우리는 '낙화'를 읽는 시차視差를
알게 되는데, 화자는 스러지는 분분한 꽃잎을 통하여 좁힐
수 없는 시선의 거리를 조망한다. '낙화'는 '보이지 않는 손'인
'당신' 조물주와 '꽃나무' 그리고 이를 지켜보는 '화자'의 시선
사이에서 진행된다. '제 몸의 비늘을 털어내고' 있는 꽃나무
의 낙화는 조물주, 화자, 그리고 나무 밑을 지나가는 사람들
그 누구와의 합의도 거치지 않은 채 발생한 하나의 사건일
뿐이다. 낙화 이전의 상태, 즉 개화는 '보이지 않는 어떤 손
이 밤새 지어올린 집'이고 '눈부신 방들로 꾸며진 작은 집'이
며 '구름 속의 집들'이다. 이는 '당신'이 공들여 지어올린 작업
이다. 그러나 이것은 일순간 까맣게 지난 시간을 잊고 오직
제 몸의 간지러움에 꽃을 비늘인양 털어대는 꽃나무로 인해
일순 '꽃비늘'로 날아가 버린다. '낙화'이다.
　'빛의 통로를 따라 반짝 열린' 대단한 '꽃나무의 잔치'는 짧

고, 순간의 절정을 위해 견뎌야 했던 꽃나무의 메마르고 삭막한 시절은 길다. 아이러니하게도 꽃이 지는 순간을 애도하는 이는 오직 화자 한 사람뿐이다. 사실상 꽃나무도, 당신도 이 찰나의 순간을 개의치 않는다. 간지럼을 털어내던 꽃나무는 날아갈 듯 가벼워지는 몸피에 순간 전율했을 듯 하고, 당신은 그 사이 잠시 한 눈을 팔았고, 꽃은 바닥에 흩어졌다.

한때 꽃그늘을 즐겼던 사람들 역시 그저 자기들끼리 '바람처럼 휩쓸리며 나무 밑을 지나'갈 뿐이다. '바람처럼 휩쓸리며 나무 밑을' 지나가던 사람들은 '꽃비'에 젖을까 저어되는 자신들의 어깨와 발 언저리의 안부가 더 궁금할 것이다. 이제 정신을 차린 꽃나무는 '내밀한 꿈'이 '단단한 세상'에 흩어지며 구르고 쌓이고 밟히며 변해가는 시간을 견뎌야 한다.

시인은 시원의 생명, 그 신비를 알고 싶고 따르고자 하나 정작 지척의 흐름도 제대로 이해할 수 없음을 고백한다. 우리들의 시선은 부딪친 적이 없고 환희도 슬픔도 나눌 방법을 알지 못한다. 그러나 영원하지 않기에 아름다움의 갈망이 지속되는 것이 아닌가. 시인의 갈망이 아름다움의 유한성에서 기인한 것이듯이 시인은 아름다움이 기우는 이후의 자세를 준비한다. 순간을 사는 찬연한 그들의 잔해를 끌어안고 그들이 남긴 이야기에 귀를 기울이는 것, 그럼에도 불구하고 반짝거리며 부서지는 '모든 꽃들의 고백'에 계속 귀를 기울이는 것이다.(「모든 꽃들의 고백이 반짝거리며 부서진다」) 그 전

후의 사이에서 생명의 비전秘傳을 담을 시를 생산할 비전을 갖게 되지 않을까.

2. 시의 그늘, 혁명이 되지 못한 사랑

신화적 상상과 종교적인 성찰로 만물에 스민 생명의 궤적과 그곳에 드리운 명암을 훑어 이해하고자 하나 감히 닿기 어렵다. 개화와 낙화, 봄비와 꽃비의 사이를 그저 바라볼 뿐이다.(「꽃잎 지다」) 여기와 저기, 너와 나, 차안과 피안의 차이를 거듭 확인할 따름이다. 이와 같은 간극을 넘어서 명료한 시적 소통을 열망하는 시인의 갈망은 시적 잉태의 의지로 깊어진다.

> 한 시인이, 두툼한 전집 하나를 남겨놓고 죽었다 나는 그의 책을 읽는다 그의 살아있을 적 생각을 읽는다 그가 바라보았던 풍경과 동작들이 스크린처럼 떠오른다 시인의 지나간 마음 한 자락 여기 있는데 시인은 지금 어디에 있나, 그의 생각들은 어디 있나, 나는 시인의 뒤를 쫓는다, 시인의 과거를 쫓는다, 시인의 생각을 쫓는다,
> 한 시인이, 책의 갈피갈피마다 살아서 걸어온다 나는 시인을 맞이한다 그와 악수를 나누고 그의 세계에 동화된다 그가 나이기도 하고 내가 그이기도 한 착각 속에 빠져든다 시인을 이렇게 늦게, 알게 된 것은 불행일까, 다행일까, 나는 시인을 상상하고 시인을 직조織造하고 시인을 한

그루 나무처럼 내 안에 심는다 그러므로 시인은 내 안에
서 소생蘇生의 꿈을 이룬다 나는 시인과 더불어 짝을 이루
고 무한정 돌아나는 잎사귀처럼 우리는 책속에서 싱그럽
다 나는 시인을 아름답게 채색한다 쓸쓸하고 슬프게 채색
한다 그래도 시인은 선량하고 서늘한 눈매로 나를 보며
웃고 있다 시인은 나를 인도한다 언제나 싱싱한 잎사귀를
따다준다 나는 그 향기로 삶을 이어간다 한 시인이 건네
는,

- 「한 시인이」

「한 시인이」에서 시와 시인은 구분되지 않는다. 시/시인을
읽는 시적 화자의 태도는 진지하다. 시인은 '한 시인이' 남긴
유산, 시집을 통하여 그녀의 오랜 열망인 순간을 이은 영원,
아름다운 것에 도달하려 한다. 그의 '살아있을 적 생각'(시)을
읽으면서 그가 본 '풍경'과 '동작들'을 영상처럼 생생하게 떠
올린다. 놀라운 경험이다. 사라진 시인은 시 한줄 읽어나갈
때 마다, 다시 살아난다. 화자는 시인을 상상하고 직조하여
'한 그루 나무'처럼 심기에 이른다. 시적 잉태이다. 모성이라
는 본능적 열망들은 공상적(열망craving/새겨 넣음carvings)인데 이는
내면화된 갈망을 드러낸다. 마침내 시인은 아름다운 것을 성
취하는 오랜 갈망을 이룰 수 있는 것인가? 시인의 의지가 강
렬하기에 가능해 보인다. 그러나 이 힘겨운 잉태의 역사는
내쳐 생산으로 치닫지 못하고 유실될 위기에 있다.
　몸에 '시인 심기'는 각별한 해석을 요한다. '천년의 이팝나

무'에서 읽을 수 있었듯이 시인에게 '나무'는 영원한 생명이고 감히 도달할 수 없는 경지를 상징한다. 이러한 초월적 존재인 '나무'에 시인의 영혼을 불어넣어 빚은 '시인-나무'는 권위이자 권력인 친밀하고 애틋한 남근phallus의 의미를 갖는다. 그러나 이 나무는 빛의 세례를 받지 못하고 내 안에 갇혀 있다. '빛'은 생명이고 축복이다. 화자는 어머니 되기를 포기한 듯 '무한정 돋아나는 잎사귀처럼 우리는 책속에서 싱그럽다'로 건너며 동기간처럼 다정하게 평안을 구가하는 듯한 포즈를 취한다. 어색한 풍경이다. 이것은 생명의 유기적 절차, 흐름에 반한 것이다. 이어지는 화자의 고백 '시인은 내 안에서 소생의 꿈을 이룬다'는 자조적으로 다가온다. 갇혀 고인 생명은 앱젝트Abject로 우울이나 애도의 대상으로 전락할 수 있다. 이는 '나'가 시인을 '아름답게 채색한다 쓸쓸하고 슬프게 채색한다'로 드러나는 정황과 같다. 어머니 되기를 포기한 시인은 아프게 남근을 품었던 호기로운 시인이 아니다. 죽은 시인의 인도와 건넴에 위안을 느끼며 살아있는 시인은, 진정 주체적인 생을 영위하고 있는가? '나'의 퇴행적 우울은 생산 주체가 되지 못한 자의 상실의 증거는 아닌가? 안에 갇힌 시/시인은 양수가 터져 나올 때와 같이 맹렬하게 솟구쳐야 한다. 알듯이 아리스토텔레스가 천명한 '자연'인 시!("시는 자연의 모방이다")는 진리 혹은 진실의 전언이다. 명료한 시, 언어적 실체만이 우리를 적시고 관계를 바로 잡으며 변화와 실천을 이

끌어 낼 혁명의 질료일 수 있다. 손에 잡히는 시와 살아있는 시인! 그것이야말로 우리 삶에 가능한 빛의 전언이 아닐까?

시가 빛이 되지 못하고 과거와 미래를 잇는 분명한 여로를 보여주지 못한 까닭은 시인이 여러 시편에서 호출한 시인 모두가 죽은 시인들이라는 사실에(「그대가 이 세상을 떠나가고」, 「당신의 시집을 베고」, 「비오는 저녁」 등) 있음을 지적하지 않을 수 없다. 시/시인은 시인 안에 갇혀 있는 과거의 존재이다. 시적 세계를 전혀 짐작할 수 없는 죽은 시인, 휘장에 둘러싸인 시인의 존재는 우상이고 추상이다. 시인은 오직 숭배의 대상으로 화석화된다. 자연에서 시인/시로 넘어오면서 보였던 가능성 역시 시인의 지나친 경애와 삼가 앞에 거리를 짓는다. '그'는 인용도 첨삭도 할 수 없어 인식과 변화, 실천의 도구로 활용할 수 없다.

물론, 이러한 시인의 태도는 시가 갖는 엄정한 절대성을 강조한 것이라 생각된다. 앞서 살펴보았듯이 김선희는 종교적인 바탕 위에 시작을 하는 시인이다. 그녀의 종교적인 태도는 시에 있어서도 첨예하다. 죽은 시인을 통한 넘볼 수 없는 시적 절대성의 강조는 유명/무명의 기준에 따라 속화된, 살아있는 시인들의 행태에 대한 비판의식에 있다. 시와 시인을 연결할 수 없는, 아니 연결 짓고 싶지 않은 소위 유명한 시인들의 가벼운 처신, 행태에 대한 도저한 비판의식을 깔고 있다.

시인은 「강연회」라는 단 한 편의 시에서 지금 이곳의 유명 시인들을 비판한다. 모순된 행동을 하는 그들의 시적 진정성을 의심한다. 시인은 이들을 '박쥐 떼'라고 일갈한다. "그들은 싸구려 시를 쓰지 않는다고/호언장담 하는 문구를 이마에 내 걸고 있었지만/어떤 것이 고귀한 시가 되는지는 말하지 않았습니다/마음을 닦지 않고도 더 높은 경지에 오를 수 있는지"(「강연회」)라는 구절을 통하여, 자기 성찰, 자기 수양, 선禪의 결과물인 시와 시인이 분리될 수 없다고 생각하는 시인의 시관을 알 수 있다. 물론 시인과 시가 꼭 일치되어야 하는 것은 아니다. 그러나 유명/무명으로 시인을 계급화하고 시의 이름으로 중심과 주변을 나누는 세속의 논리를 과감하게 배격해야 한다는 시인의 시인관은 분명하다. 이는 자연과 인간, 시를 대하는 시인의 일관된 태도이다. 그것은 절제와 겸손을 다해 긴 시간을 이은 시적 갈망이다. 갈망은 간절한 욕망으로 거기엔 함부로 떠도는 권태와 불손이 스밀 여유가 없다. 아름다움의 동경인 갈망은 늘 채워지지 않는 절박한 기원, 희구이기 때문이다.

　　가끔 그대가 생각나면 그대가 내 생의 어느 모서리 바람벽을 지나가며 슬쩍 옷깃 한번 보여주고 갔는지 아득한 꿈처럼 희미해진다 그대는 언제 은하수 물살을 헤쳐와 하얀 종이배 하나를 띄워놓고 내가 잠든 사이 저 먼 북극의 가문비나무 숲속으로 걸어갔을까, 그대를 만나지 못했던 긴 시간을 나는 잘 모르고 그대의 전생이 내게 심어준 눈물 따라 나는 새롭게 태어나서 그대를 그리워하는 한 마리 새가 된다

　벌써 사랑은 나를 지나서 저 먼 가문비나무 숲속에 잠들어 있을까, 다시는 그대를 만나지 못하고 나약한 내 뼈가 으스러지면 우리의 연민은 여기서 끝나는 것일까, 나는 하얀 성곽 속에 그대가 숨어있을 것이라 믿고 차를 타고 그 길목을 돌아서 간다 필시 그대도 저녁마다 구슬을 꿰어 이루어지지 않는 사랑의 깊이를 한 줄 한 줄 다듬고 있을 것이라고, 그대가 무심히 내 별자리를 밟고 지나가 버리면 나는 그곳에 비를 뿌리고 풀꽃들을 키운다

　가끔 그대가 생각나면, 그대는 나를 생각하지 않고 나를 잊어버리고 나를 알지 못하고 한 방울 물이 되어 먼 바다 쪽으로 흘러간다 이슥토록 저문 골짜기를 헤매는 나는 그대가 다녀간 적막한 강기슭에 홀로 꽃피는 목숨이다

— 「가문비나무 숲속으로 걸어갔을까」

　「가문비나무 숲속으로 걸어갔을까」는 시편을 통틀어 가장 아름다운 시로 아가雅歌를 연상하게 한다. 지극히 종교적이고 사색적인 시를 지향하는 시인의 명정한 시세계에는 세속적인 흥정이 없다. 첫사랑의 이야기나 연애시 한 편도 노골적으로 드러내지 않는 시인에게 '그대' 혹은 '당신'은 '자연'이거나 '신'(조물주) 그리고 '시인'에 한정된다. 물론 연정이 시적 대상에 녹여져서 드러날 수도 있다. 여기서 시적 대상이 자연과 시/시인이든 혹은 시인의 가슴 깊숙이 묻어둔 아련한 정인이든 그것이 중요한 것이 아니라 '그대'를 향한 시인의

다함없는 순결과 순정이다. 사랑하는 대상에 대한 시인의 태도는 삼가와 안부, 그리고 절제된 고백으로 점철된다.

'그대'는 '먼 그대'로 나와 거리를 갖는다. 가까이 살면서 언제고 쉽게 만나 안부를 물을 수 있거나 살과 볼을 부빌 수 있는 살가운 정인이 아니라 설레이고 궁금하나 두렵고 애틋한 '그대'이다. 그래서 '그대'는 전면으로 드러나지 않는다. "그대가 내 생의 어느 모서리 바람벽을 지나가며 슬쩍 옷깃 한번 보여주고 갔는지 아득한 꿈처럼 희미해진다"의 구절에서 '그대'는 무엇인가. 시인의 정인은 시인의 시적 열망을 고스란히 간직한 시적 대상이거나 드높은 시적 경지 바로 그것이 아닐까. 삼가와 절제를 시작 방법으로 삼은 김선희 시인이기에 이러한 오랜 갈망이 가능한 것이 아닌가.

정신을 깜빡 놓을 때 시 혹은 그대는 한 순간 머뭇거림도 없이 청정하고 웅숭깊은 '가문비나무 숲속'으로 사라지고 당신의 시의 성, '하얀 성곽'으로 몸을 숨기고 칩거한다. 함부로 만날 수도 약속을 잡을 수도 없다. '나'는 '그대'가 아닌 존재는 생각할 수도 없기에 그대를 떠날 수 없다. "그대를 만나지 못했던 긴 시간을 나는 잘 모르고 그대의 전생이 내게 심어준 눈물 따라 나는 새롭게 태어나서 그대를 그리워하는 한 마리 새가 된다"는 구절에서 알 수 있듯이 시인에게 '그대'는 절대적인 유일한 정인이다. 그럼에도 나와 그대는 쉽게 만날 수 없고 늘 그리워하는 존재이다. 이럴 경우 '그대'는 종교적 대상이거나 '시'의 영혼이라고밖에 말할 수 없다.

　이 시의 드높은 순정성은 이러한 상황에도 '나'는 그대를 원망하거나 사랑/그리움을 철회할 듯한 그 어떤 투정도 보이고 있지 않다는 사실이다. 놀라운 신뢰, 영원한 이해와 교감을 전제하고 있다. "벌써 사랑은 나를 지나서 저 먼 가문비나무 숲속에 잠들어 있을까, 다시는 그대를 만나지 못하고 나약한 내 뼈가 으스러지면 우리의 연민은 여기서 끝나는 것일까"라는 진술에서 화자는 심각한 회의와 좌절을 드러내기도 한다. 내내 눈을 떼지 못하고 서성거리는 자신을 훅 스쳐 사랑이 잠든 것이 아닌지, 끝내 만남이 이루어지지 않거나 나의 죽음과 함께 사랑이 끝나는 것이 아닌가 우울하다. 그러나 놀랍게도 '그대'를 향한 믿음은 다시 사랑의 탄성彈性/歎)을 회복한다.

　'나'는 그대가 스쳐 지나간 자리를 자신의 거처로 삼는다. 사랑의 깊이를 받들어 나의 풀꽃들을 키우고 정원을 아름답게 지키려는 고독한 정진의 의사를 밝힌다. '나'는 '홀로 꽃피는 목숨'이나 '그대'를 사랑/생각하기에 꽃일 수 있고, '꽃'에 물을 주는 사람은 '그대'이자 '나'로 겹쳐진다. 그래서 시는, 사랑이고 생명이고 아름다운 것이라는 합의에 도달한다. 김선희 시인의 사랑은 이토록 질기고 아름답고, 아름답다.

3. 살빛 꽃길을 밟으며, 바람 속으로

바람 속으로 걸어간다 바람을 일으키며 걸어간다 바람을 데리고 걸어간다 바람을 따라서 걸어간다 나무들을 울리고 길가의 모든 가벼운 것들을 울리고 나를 울리는 바람은 아주 먼 곳으로부터 와서 먼 곳으로 건너간다 보이지 않는 공명음이 뒤따라 간다 바람을 기다리기도 했다 바람을 마주 하기도 했다 바람이 거세어지고 나를 밀어버린 기억을 안고 있었다 바람은 눈물도 없었다 바람은 무자비하고 거칠고 난폭하기도 하였다 바람을 안고 걸어간다 즐거운 미풍과 흔들리는 강풍을 느끼며 바람의 풍경 속으로 걸어간다 사물들이 흔들리며 바람을 따라 일어서고 있었다 바람의 즐거운 리듬 속으로 빠져 들어가고 있었다 바람의 날개 속으로 걸어간다 바람의 비밀을 풀어놓으며 걸어간다 보일 듯 말 듯 바람의 언덕을 넘어간다 바람의 노래 속으로 지나간다 바람이 되어 날아간다

– 「바람 속으로」

이 시에서 '나'는 바람 속으로 걸어가다, 스스로 바람이 되어간다. '나'는 바람을 일으키기도 하고 일으킨 바람을 데리고 먼저 간 바람을 따라서 깊숙이 바람 속으로 걸어가며 섞인다. 바람과 공명共鳴하며 '나'는 매순간 달라진다. 마치 안개 속을 걷듯이 서로 구분할 수 없는 밀도로 엉겨 있던 '바람 –나'는 돌연, 먼 곳으로 와서 먼 곳으로 가는 바람이 정색을 하고 나를 거부하여 분리되기도 한다. 한 순간에 떠밀린 것이다. '나를 밀어버린 기억을 안고' 있는 바람은 그 기억을 서

습없이 재현하듯 돌변하는 눈물 없는 무자비함을 지닌다. 그런데 놀라운 것은 바람의 기억을 경험한 이후의 화자의 태도이다. 요동도 않고 늠름하게 자신의 길을 갈 뿐이다. 행갈이의 거리도, 쉼표의 여유도 두지 않는다.

'나'는 "바람을 안고 걸어간다 즐거운 미풍과 흔들리는 강풍을 느끼며 바람의 풍경 속으로 걸어간다"고 되뇌인다. 바람과 나의 거리는 간단히 무화된다. '나'는 바람과 더불어 성장하며 변화해 간다. 바람을 느끼며 바람이 있기에 가능한 동선들로 줄을 세운다. '흔들리며' '일어서고' '즐거운 리듬 속으로 빠져' 들어간다고 한다. 마침내 '나'는 '바람의 날개' 속으로 걸어 들어가 '바람의 비밀'을 풀어 놓는다고 천명한다. 바람의 비밀이라니! 시인이 오랫동안 갈망하던 자연의 비밀을 깨달은 것인가.

베르그송(H. Bergson)은 물질은 반복이고 외적 세계는 수학법칙을 따르는 것이라 한 주어진 순간에 있어 물질적 우주 내의 모든 원자와 전자의 위치, 방향, 속도를 알고 있는 "초인적 지성"은 이 우주의 어떤 미래 상태라도 계산할 수 있다고 한다. 시인의 혜안은 이제 상황의 번다한 변화를 지나가는 과정으로 담담히 껴안는다. "바람의 언덕을 넘어간다 바람의 노래 속으로 지나간다 바람이 되어 날아간다"를 읽으며 문득 우리는 시적 화자가 바람에 몰린 것이 아니라 바람을 몰아간 주체가 아닐까 반문하게 된다. 만물의 관조자로서, 유한자로서 한 시선의 대상을 기꺼이 자처하던 시인의 능동적 반격이 시작된 것인가? 욕망의 대상을 추구하던 갈망자에서 아름다움 자체로 일어서는 생산자의 모습을 읽을 수 있다. 당당하고 담대한 주체의 모습을 읽게 되는데 그것은 바로 우리의 바람[希望]이자 아름다움을 추구하는 지혜로운 이의 풍경이기도 하다.

1

우리는 일만 송이 꽃들 속으로 걸어들어갔다 흐르지 않는 시간이 천개의 바람을 안고 잠자고 있었다 우리는 비밀의 향낭香囊을 펼쳐보았고 천년의 바람을 훔쳐내었다 지상의 꽃들을 비추고 있는 꽃의 거울 속에는 일만 개의 방울소리가 숨어있었다

일만 송이 꽃들이 길을 나섰다 저문 늪을 지나 비단 치맛자락 끌며 저 산 위에도 발밑에도 수레소리 요란 곡옥曲玉 귀걸이들이 오랜 잠을 털며 일어서고 있었다 한 고대사의 그늘이 기지개를 켜고 있는 중이었다

천년의 바람이 꽃잎을 흩뜨리고 일만의 방울소리를 울리며 꽃들 가운데로 걸어 들어갔다 천년 뒤 떠오르는 뜨거운 길 하나가 꿈의 빛을 열고 꽃길 속으로 걸어가는 낯익은 얼굴들이 일만 송이 꽃의 거울 속에 도화桃花빛으로 화끈거렸다.

2

바람 속으로 몸을 푸는 천년의 여자들
바람의 길을 따라 어디든 귀밑머리 흘리고
바람 속으로 사라져 버릴 향기로운 살빛들

향낭 하나씩 간직한 그녀들이 풀어 논 바람 위로
뽀얀 살빛 밟으며 하늘 길을 걸어간다
바람의 거울 속으로 얼굴 비춰보며 출렁이는 여자들
일만 개의 꿈의 향낭을 흔들며 눈짓하는
일만 송이 여자들의 겨드랑이 사이로 흠뻑 젖어 들어간
다
일만 송이 꿈의 살빛 따라 구름 위를 밟고 간다

  ─「천개의 바람을 등에 업고 일만 송이 꽃들이 길을 열고 있다」

　이 시는 김선희가 추구하는 아름다운 것들의 풍경을 유려
하게 펼치고 있다. 여기서 시인이 보인 신화적이고 종교적인
시간관인 미래─과거의 구도가 지금─여기의 현재적 구도로
재편되어 감을 느낄 수 있다. 시인은 조용히 혼자 칩거하던
방과 골목의 주변을 벗어나 바람과 꽃이 되어 '천 년의 시간'
속을 걸어가는 상상적 체험을 완성한다. 먼 곳의 '그대'를 그
리며 그의 반응을 숨죽여 관찰하던 모습과 대비된다. 능동적
인 유혹자로 걸어가는 '여성─시인'의 압도적 부상을 목도한
다. '우리'는 꽃이고 여성이고 시인이고 아름다움이다. '우리'
는 일 만 송이 연꽃의 동명同名이자 천년을 이어온 여성 시인
의 이명異名이라고 보아야 하지 않을까. 우리, 꽃들 속엔 '흐
르지 않는 시간'이 잠자고 있다. 이곳은 과거와 현재와 미래
가 한 데 어울려 있는 장소이다. 우리는 거리낌이 없는 매혹
적인 여전사 아니 여신 같은 포즈로 거리낌 없는 행보를 펼

친다. 비밀의 향낭을 펼쳐보기도 하고 천년의 바람을 훔쳐내기도 하고 꽃의 거울 속에 일만 개의 방울소리가 숨어 있는 것을 간파하는 기지를 갖추기도 한다.

'우리'를 읊조리는 시적 화자를 통해 시인 외부와 내부에 잠복해 있던 여성들이 모두 일어나 군무群舞를 펼치는 듯한 환각hallucination에 빠진다. 이는 지각의 차원을 넘어서는 것으로 화자의 정념적 감각sensation affective을 알게 한다. 생명체는 순수한 정신이 아니라 현실적 대상들과 상호 작용하는 존재 물체corps, 몸적 존재이다. 지각이 신체의 반사적 능력의 척도라면 정념은 신체의 흡수하는 능력의 척도로 실제적 작용/작동과 관련된다. 다시 베르그송에 따를 때 지각은 신체에 외재적이며 정념은 내재적인데 관념론자든 실재론자든 "진정한 환각"hallucination vraie은 투사된 주체의 상태이다.

시인은 여러 편의 시에서 시를 읽는 자신을 모습을 비추고 있는데 그 중 「모자를 쓰고」에서 화려하게 치장을 하고 시집을 읽는 시인의 모습을 조명하며 '멋있는 치장'의 이유를 질문하고 있다. "모자를 쓰고 머플러를 두르고 현관에서 부엌까지 마루를 오가며 시집을 읽는다 아직은 춥지 않은데 뿔테안경을 끼고 모자에 머플러 까지 두르고 (중략) 이렇게 멋있는 치장을 하고 먼 시인을 불러오는 것은 무엇일까"라고 자문自問한다. 옷은 여성의 피부이자 자신의 정체habitus를 드러내는 표지이다. 시인이고자 하고 영원히 시인일 수밖에 없는, 그녀의 시를 향한 그리고 자신을 위한 자부와 존중을 드러내는 표지라고 생각된다. 시인은 여성의 소비 욕구를 "순전히 나만을 위한 비밀의 내 것을 사기 위해"『그때처럼 여자들은』 헤매는 것이라고 이야기하기도 한다. 이쯤에서 우리는 위의 시「천개의 바람을 등에 업고 일만 송이 꽃들이 길을 열고 있다」에서 화려하게 치장한 여성들의 무리가 오랜 시간 합의된 그녀들의 은밀한 약속이었음을 상상하게 된다. 흐르지 않는 시간 속에 움직임의 새로운 변화를 시도한 주체가 곡옥 귀걸이를 한 여인인 셈이다. '소유물 또는 부속물'이 주체의 생성이라는 이야기를 이어간다는 스튜어트의 지적은 여기서 유용하다. 우리들의 역동성은 새로운 길을 연다. 그녀들이 길을 밟으며 나아가며 여는 길은 천년 뒤의 새로운 길이다. 과거의 시간('고대사의 그늘')을 상기想起/常氣하고 놀랍게도 미래의 길을 밝히는 성과를 올린다.

"천년 뒤 떠오르는 뜨거운 길 하나가 꿈의 빛을 열고 꽃길 속으로 걸어가는 낯익은 얼굴들이 일만 송이 꽃의 거울 속에 도화 빛으로 화끈거렸다"에서 시인이 역설한 '천년 뒤 떠오르는 뜨거운 길'은 무엇인가? 이는 잇따르는 여성 이미지에서 유추할 수 있다. 천년의 여자들, 몸을 푸는, 향기로운 살빛들, 겨드랑이 사이로 흠뻑 젖어 들어간다는 이미지들로 이어지며 매우 에로틱한데, 신화적 세계관에 비출 때 꽃과 물, 여성은 아름답고 풍요로운 생산의 거처인 원형적인 여성성을 상징한다. 살빛 구름 위, 흠뻑 젖어 들어간다로 이어지는 표현은 생산을 향한 성적 합일을 상상하게 한다. 늘 겉돌며 그 동안 유예되고 유보되었던 연애와 사랑의 향연이 펼쳐질 듯도 하다. 「천개의 바람을 등에 업고 일만 송이 꽃들이 길을 열고 있다」는 이러한 여성성을 지금–이곳에서 기억하고 회복하고 떨쳐낸다는 데에 그 의미가 있다. "천 년의 이팝나무"와 "시인–나무"를 거치며 남근phallus으로 상징되는 사유의 그늘을 벗어나 발산하는 새로운 에너지가 역동적이다. 이것은 무한한 여성성의 기억이고 복원의지이다. 기억과 의지는 무한한 에너지의 원천이다. 생명은 곧 리듬의 기억이다. 아름다움은 언제나 하나의 발생이자 출현이고 구성되는 것이고 또한 이를 바라보는 시선에 이해 완성된다. 진정한 아름다움은 길을 따르며 길을 새롭게 만들어 가는, 길이다. 이럴 때 길은 열린 삶을 향한 거역할 수 없는 행보이자 모든 희망을 열어 놓는 생명의 원리이다. 오직 시를 향한 김선희 시인은 떠오르는, 뜨거운 길 위를 향해 있다.